U0657426

名家
美文
佳作

最新

记忆

柯云路　著

作家出版社

目录

自　序

"荣耀与勇敢做自己"，是应媒体之约写下的一段文字。

在许多人看来，荣耀是与成功相联系的。但荣耀与成功又不完全是一回事。所谓荣耀，是社会对一个人的理解和尊重，亦是社会对他人生的某种肯定。真正的荣耀要经得住时间检验。如果对以上文字再做一点注释，那么，随着时间的流逝，社会对这个人的理解和尊重不但未曾衰减，反而更加深刻，这才是真正值得荣耀的荣耀。

这些年来我一直坚持个体写作，涉猎多个领域。我这种写作既享受过光荣，也遭遇过争议。但我对自己的写作从未有过动摇。

勇敢做自己，首先要看得透，拿得定，拒绝自己不该做的事，而专注于自己应该做的事。在做的过程中敢于担当，既不为流言蜚语所动，也不为世俗浮华所惑，我年轻时曾将孙中山的一句话当成座右铭：百折不挠，愈挫愈奋。

当然，勇敢做自己，并不是鲁莽行事，更不是傻大胆，敢于坚持的前提在于智慧的选择，同时懂得审时度势，把握机会。选择正确了，常常还要耐得住寂寞。

三十年前，我在长篇小说《夜与昼》结尾写过一段话："要是一千个人、一万个人以至更多的人指着你说，你错了，可你实际上没错，你会怎么样呢？要是一千个人、一万个人以至更多的人指着你说，你有罪，可你实际上没有罪，你会怎么样呢？……历史常常用这种'玩笑'来考验一些人。"我们从近当代可以看到大量史实，一些人在这样的指责中悲剧性地放弃甚至背叛了自己。

在中国，在当代，勇敢做自己并不容易。话说回来，勇敢做自己，在任何时代、任何国家都不容易。否则就谈不上勇敢了。

谨以此文为随笔集自序。

第一辑

最新记忆

会飞的鸡

只有鸟才会飞，鸡虽长了两只翅膀，但鸡是飞不起来的，顶多是胡乱扑腾几下而已。这是常识。

鸡是怎么飞起来的呢？还得从一位生病的朋友说起。

朋友是画家，作画的辛苦是外人不知的，以为轻勾几笔即可成画。其实不然。一幅大画不仅要有好的构思，有高超的技巧，在很大程度上还需要相当的体力。许多画家晚年画作少，原因和年纪大的作家一样，艺术上虽然更成熟了，但体力却跟不上，只得让自己慢慢歇下来。

　　几年前，年近六旬的画家朋友为完成一幅画作，连续苦干了一个多月，又由于他特殊的画法，每日必须伏案工作十几小时，画作完成后，他感觉到空前的疲累。

　　恰逢他的一位朋友单位体检，说住在一个山庄，条件不错，邀他一起体检，也顺便玩上两天。此前画家并未感觉不适，谁知一通检查之后，医生说他的心脏似乎有点问题，让他再去医院仔细查查。心脏是人体的重要器官，画家当然不敢大意，赶紧去了一家有名的大医院，检查的结果显示问题还不是一般的严重。画家是当天下午拍的彩超，检查后医生就不让他动了，让他躺着，等着做手术。大医院里床位紧张，他之前已排了上百号人，由于他的病情"危重"，病区一路绿灯，也赶巧了，有病人临时出院，硬把他挤了进去。

　　让画家更心惊的是，医生还说："手术方案复杂，有一定风险。"

　　这位画家的家人都有些慌乱，特别请了一位退休多年的老大夫一起来病房看望。老大夫出身中医世家，年轻时学过西医，后来又搞过中西医结合，最终主要以中医看病。他看了检查结果，说："两条路，一条就是做手术，情况不一定良好；还有一条，就是'置之死地而后生'。"问老大夫什么意思。他却先讲了"鸡会不会飞"的故事。

老大夫出生于南方山村，小时村里有一壮汉，喜欢舞枪弄棒，常招来一帮男儿比试。一日会武后不知怎的抬起杠来，这壮汉非说他见过会飞的鸡，于是众人哂笑他吹牛。壮汉恼了，说愿意一赌。隔日便去镇上买回几只半大小鸡，每日装入背篓上山，找一断崖将鸡取出朝下一扔，鸡们吓得张开翅膀乱飞乱叫，却也能降到低处平安无事。壮汉天天如此，放飞的地方越来越高，训练的时间也越来越长，而鸡们也仿佛得了乐趣，每日单等这番训练。一段时间后，壮汉的鸡群成了村里一景，许多人专门跑来看鸡怎样飞着上树上房。老大夫说："鸡长着两只翅膀，本来是野生物种时就应该会飞的，但是在家养条件下，长期不用，翅膀就自然退化了。人天生也有很多功能，因为不好的生活习惯和不正确的工作方式，身体也会退化，出毛病。你这种毛病，就是吃得多运动得少的毛病。只要反其道而行之，不仅可以治病，还可以延年益寿。"画家问："具体怎样做？"老大夫说："你现在听我的话，马上出院回家。我一定会把你的病治好，让你成为健康的人。"

我问："老大夫是怎样治好你的病的？"

画家说："听了老大夫的话，我当天就出院了。老大夫除了为我开出中药处方，特别嘱咐我主要是靠运动：第一是运动；第二是运动；第三还是运动。老大大的原话是'方法人于药法','正确的生活方式比吃药还重要',所以,我一直保存着他给我开的'运动处方'。"我问:"是怎样一服'运动处方'呢?"画家说:"老大夫事先就告诉我,用他的这服运动处方要能吃得一点苦。比如每天早睡早起,至少跑步运动一小时以上;一年四季要洗冷水澡,天气再冷,哪怕是零下,也要坚持冬泳;如此等等。"

这位画家朋友果然很快痊愈了,连那家大医院的大夫拿着他的病历都很惊讶。六十多岁的他显然身体强健,即使在寒冷的冬天外出,他也只穿单衣单裤,并且神态自若。

我开他的玩笑,从某种意义上说,他也成一只"会飞的鸡"了。

他则十分认真地说:"身体懒惰生百病,人要健康要运动。"

同胞家书

　　整理父亲遗物时，发现数封大伯的信件。每封家书，大伯都以"亲爱的锦祥胞弟"开头。父亲是极为细心的人，重要信件常会先打草稿，有些草稿会随回信一起存留，这就使得父亲自己的文字也保留下一些，"敬爱的尔文胞兄"，是父亲对大伯一以贯之的尊称。

　　父亲生长在上海浦东一个热闹的大家庭，奶奶一辈子生育过六男六女，这在今天简直不可想象。十二个子女存活下来八个，大伯和父亲是仅存的两个男孩，自然备受呵护。大伯年长父亲五岁，让长子成才是那个年代整个家族的梦想，在乡下务农的爷爷奶奶勉力培养大伯读至大学毕业，相当不易。待大伯能在社会立足，父亲的读书费用便全由大伯负担。可惜由于战乱，父亲未能读完大学就被迫辍学。

大伯并未辜负长辈期待，成为颇有成就的建筑设计师，在2003年致父亲的家书中，他这样表述自己的人生观："在基点之上人分三类，一般努力，比较努力，很努力。"大伯显然把自己归于"很努力"的那种。他说："我自幼树立正确人生观，在每个环节上都是努力争取做得完胜，这是能在一生工作上基本成功的所在。"大伯本名锦堂，大学毕业后考取一家法国人开办的建筑师事务所并出国工作，在国外时为交往方便，改名尔文。太平洋战争爆发后，大伯"思念家人父母，毅然回国"（大伯家书）。解放后进入华东设计院直到退休。他的"最后两个设计作品是苏州南林宾馆和上海南京路海仑宾馆，都得到了好评"（大伯家书）。

父亲早期跟随大伯工作历练，在日记中用"恩情难忘，终身铭记"八个字形容胞兄的照顾和培养。新中国成立初期，父亲开始独自一人到北京工作，不久在"三反五反"运动中受人诬陷被打成"老虎"，关押在一处荒弃的校园，日夜审讯，强令交代"贪污罪行"。一夜，刚刚结束审讯，忽又从床上提起，一队"老虎"用绳子捆好被人押到室外，在漆黑夜色中游走，说是要上"刑场"。惊慌的一队人被牵着转了近两小时，魂飞魄散之后再被押回。年轻的父亲此前一直在大伯的羽翼保护下，何曾遭遇如此险恶？消息传到上海家中，母亲正带着年幼的子女，急切中跑到大伯那里讨主意。大伯二话不说，当即让大伯母将她的金银首饰全数拿出，说救弟弟要紧，有天大的事等人出来再说。

母亲将我们托付给爷爷奶奶，独自怀揣着自家房契和大伯母的金银首饰到了北京，用这些东西换回了父亲的自由。清白的父亲自然不服，反复申诉后事情终于查清，确是有人诬告，真正的"老虎"被绳之以法，房契及大伯母的金银首饰被原样退还。这似乎是个喜剧的结尾，却给父亲的精神造成无法愈合的创伤。父亲生前多次忆起这段经历，感念大伯无私的救助，晚年更常常怀念儿时与大伯相处的快乐时光。

2008年春，那时母亲已去世一年，大伯在信中平静地谈到了生死，他说："人生是到了最后的阶段，过去到现在正在眼前，未知以后如何难测，百岁的人总是少数。"这是大伯给父亲的最后一封家书，而父亲在回信中则对大伯说："感慨归感慨，还望多保重。"

2009年春，多年一直在京的父亲无法排遣对上海亲人的思念，不顾子女的强烈反对，坚决要去探亲。其实大伯已是九十开外的高龄，身患多种疾病；而父亲几年来也多次住进医院，所谓"风烛残年"。父亲到达上海的时候，大伯正住在医院，耳朵全聋，听不到任何声音，而父亲也要借助助听器才能勉强听得到一两句话。当年那个处处呵护胞弟的大哥无力地躺在病床上，耄耋之年的兄弟俩没有任何言语，只是相对微笑，用点头和目光表达着彼此的情意。对于这次见面，父亲在日记中这样写道："此次去上海探亲，自己尚可缓步走路，但时常鼻子过敏流涕。遗憾的是尔文大哥身体不佳，七种病缠身，5月10日那天，我差不多半天多给大哥按摩，手、足、腹、面孔等，强作笑脸。临分手时，忍不住悲哭而别！"

这就是兄弟二人的最后一次见面。

晚年的父亲每逢年节前都会给大伯一家写信问候，并寄一点钱表达心意。他的这些信件不少都留有底稿。他记下的最后一笔汇款在2012年1月，就在这个月，他所尊敬的大嫂去世，不到一个月后，"敬爱的尔文胞兄"也撒手人寰。因父亲那时已极度虚弱，怕他伤心过度，只将大伯母去世的消息告知，也就是说，父亲生前并不知"敬爱的胞兄"已先他离去，还常以"敬爱的胞兄尚高寿在世"引为自慰。

父亲是与大伯同一年离世的，直到最后都对大伯怀着深深的眷恋。日记中有不少地方记述他对大伯的牵挂，他"常在梦中与之相会，醒来后辗转反侧，再难入眠"。

　　血浓于水，这就是同胞手足之情，恐怕是当代的独生子女们很难体会的。而在互联网时代，电话、视频、微信等早已取代了家书，即使是亲人间的联络也不用那些贴着邮票的信件了。但"烽火连三月，家书抵万金"，于我而言，父辈这些手写的家书弥足珍贵，我会永久保存。

"胆小"的司机

　　一日外出办事，回程时正遇下班高峰，路堵得一塌糊涂，心里难免有些焦躁。

　　好不容易蹭到家门口，再转一个小弯就是地库了，心情才放松下来。这些年北京车辆激增，凡能停车的地方均塞满了车，虽然城管时不时来这里贴违章罚单，路还是被挤得只剩下一个车道。车向前走着，不期然一辆超市购物班车正堵在左拐弯的岔路口。为方便居民购物，附近几个大商场都有面包车往返接送，这类车虽有固定的行车路线，停车却很随意，所谓"招手即停"。我踩下刹车，静等着班车下上完客人后腾出路口。

等了一阵，并没有人员上下，车却纹丝不动。

不一会儿工夫，我后面已排起了长队，有人开始不耐烦地摁响了喇叭。我也有些着急，于是摇下车窗向对面的司机招手，催促他让开路口。不知对面的司机什么意思，没有任何回应。好一会儿，车窗里伸出一条胳膊，一位中年妇女探出头来，说车走不了了。

这当口，后面早有心急的司机下得车来，走到面包车前大声理论。

听不清他们在说什么，只觉得这个司机不大通情理。

人很快聚成一团，气氛有些紧张。见路上堵了这么多车，又聚了一群人，小区保安赶了过来，指挥着面包车后面的车向后倒出一点地方，便于面包车挪开，好让对面的车辆通行。似乎并不奏效，司机仍很固执地不想挪车，有些人气得骂了起来。无奈之下，保安到一侧的会所腾出一点空地，让我先把车开过来，将后面的车疏导到另外的路线。看来马上回不了家了，我把车停好，走到面包车前，想"教训"一下这个司机。无论什么原因，大下班的，把车堵在路口都是不对的。这位司机显然有些心神不定，又被心急的人们围着骂了一顿，很颓然地坐在驾驶座上。当我走近时，他对我说："大哥，对不起了，我的车撞了人家，不能走哇。"

我问怎么回事？司机说，刚才正正常常行驶，对面来了辆车，他急忙打轮避让，车屁股剐了停在路边的一辆车。原来是因为这个！我赶紧走到右侧去看，一辆切诺基斜着停在岔路口，车尾很突出地翘出来，后挡泥板被扯下来一块。司机说，把人家的车撞了，得跟人家说清楚，不然人家找不着人，也分不清责任。听司机这样说，刚才骂骂嚷嚷的一群人静下来了，转而纷纷向着他说："这辆车本来就不该在这儿停，是违章！""走你的，别管它！"

司机一个劲儿地摇头："那怎么行，是我撞了人家，得跟人家说清楚。"

冬日天短，天色已渐大黑，我给司机出了个主意："总在这里等着也不是办法，不如问问保安，看他们知不知道这辆车是谁停在这儿的。"保安一听就摇头："我们只管小区里面的车，这种乱停在街上的，谁知道会停几天，我们管不着！"我于是再出主意，让司机把自己的车号、电话留给保安，万一车主找来了，可以帮忙联络。但同样被保安拒绝了，他们怕担责任。看司机的样子，是想一直等着车主见面，也因此不敢挪车，怕说不清楚责任。我想了一下，说不如打122吧，让警察来处理。司机被提醒了一样，赶忙掏出手机，很长时间占线。终于接通了，警察答应很快就来，司机方才松了口气。

我见事情有了眉目，打算从另外的路线绕行回车库，于是跟司机告别。

我离开时，他趋身向前，低下头不停地说着抱歉的话，并一再说着："大哥，谢谢你了，真谢谢你了！"我向他轻轻摇手，嘱咐他安心等警察，然后开车走。临走，一对一直在旁看热闹的年轻男女的议论飘进耳朵。女的说："这司机也太老实了！咱的车在车场叫人狠剐了，都没人认账。"男的说："看他年龄老大不小是老司机了，肯定开车多年都没出过事，对处理事故一点都没经验。一般人早就溜之大吉了，我看他纯粹是胆小。"

这些议论让我有些感慨。这位司机或许从一开始就可以一走了之，被剐的车主也只能吃个哑巴亏，但他坚持不走，甚至在众人的劝说下仍然固执地留了下来。

当代社会，当官的，经商的，成年的，未成年的，各种"胆大"的行为充斥耳目，甚至使人麻木。相比之下，这位司机的行为或许真可算得上"胆小"了。事情已经过去了一阵，我一直忘不了他诚实的表情，并且愿意为他的"胆小"记上一笔。

过　敏

默默是外企白领，品貌端庄，在恰当的年龄找到了恰当的对象，身边朋友都说两人很般配。恋爱两年，已到了谈婚论嫁的阶段。若说默默还有什么不放心，就是总觉得男友有点"花心"。两人一起上街，默默常发现男友对漂亮女孩目光流连，也因此多次口角。男友总是一脸无辜，说爱美之心人皆有之，看上两眼还算事儿吗？默默也觉得自己不该这么小心眼。所幸她与男友同属一家公司，每天上下班出双入对，很便于"监控"，因此一直以来相安无事。

不久前公司进了新人，提前贴出新聘人员的名单。那天男友似乎有点压抑不住的兴奋，说新来的安琪是个美女，复旦大学毕业，在学校就是风云人物。默默心里很是不爽："还没见面呢，你连人家叫啥名字都记住了?"几天后新人们来上班，现身的真人比照片还要夺目。

接下来的发展让默默有了心事：安琪竟被分到市场部，和男友面对面办公；而自己所在的人事部虽说和男友在一个楼层，办公室却隔了好几间；出出进进的，常能看见男友和安琪有说有笑，默默虽然面上不说什么，心里却忽忽悠悠，担心"失恋33天"的故事发生在自己身上。

安琪除了漂亮，能力也很抢眼。公司无论是郊游还是聚餐，只要有她，一定是众人瞩目的焦点。看着男同事追寻的目光，默默体会到了什么叫"万千宠爱于一身"了。当然，也不全是正面评价，几个女同事就对安琪不大看得惯，背后议论她行事太过招摇。

默默试着把这些议论与男友分享，男友却说这些人纯属羡慕嫉妒恨。

打击来自年底公司组织的卡拉OK比赛，喜欢唱歌的默默私下里练习了多日，却只得了多数人都能得到的"参与奖"。轮到安琪站在台上，刚刚亮出歌喉，底下就是掌声一片，小伙子们尤其叫得起劲。没有任何争议，安琪得了第一。看到安琪抱着奖品站在台上，默默心里酸酸的，她第一次感到深深的自卑：与安琪相比，默默觉得自己相貌不如她，学历不如她，影响力不如她，很担心男友被安琪"挖"过去。她在纠结中写信，向我讨教方法。

年轻人恋爱时会相互比较，也会吃点小醋，这都是正常现象。

让我注意的是默默的自卑，这恐怕也是许多年轻人在婚恋中面临的问题。

其实默默大可不必这般纠结。爱美之心人皆有之，对漂亮女孩想多看两眼是绝大多数男人的正常心理。作为女友遇到这种情况会不愉快，也是绝大多数女人的正常心理。在正常范围内，男人见了美女想看但会有所顾忌，比如顾忌自己的公众形象或女友的感受；同样，男方多看了美女几眼，女友虽有不快，但也会顾忌场合、教养及双方的关系，将不快抑制或尽量少说。一般情况下，事情也就这样过去了。但若一方反应过度，则会使彼此关系产生裂痕：比如男方毫不顾及女友的感受，甚至指责女友小气，或者女方不依不饶，数落争吵，都会使矛盾升级。

上面讲的是问题的一般性。默默遇到的情况恐怕"严重"

了一些。

男友与美女面对面办公，且关系密切，她担心男友"移情别恋"。

根据我的经验，默默的担心很可能是多余的。以安琪的资质与美貌，对男友的标准肯定低不了，她对一起办公的男同事根本没有别的意思。而默默男友的所谓"兴奋"，更可能纯属正常，不过是"男女搭配，干活不累"而已。嫉妒会把爱情的"风险"放大一百倍。当女孩被自卑和嫉妒同时控制时，她的任何比较都可能只看到对自己不利的方面，智商也随之降为零。

默默倒该想想为什么周围的朋友都说她和男友很般配？如此大的世界，为什么男友会选中她？他们相恋两年并且开始谈婚论嫁，一定是有原因的：她的品貌、性格、教养、他们之间的相互理解、她对男友优长之处的欣赏和对他弱点的宽谅，在他那里一定是无可替代的，就如同他在她这里是无可替代的一样。明白了这一点，就多了自信，就不会对男友身边的美女反应过敏。那些莫名的怀疑和限制只会适得其反，既破坏了自己的形象，也伤害了他的自尊，甚至把本来没事儿的关系变得有事儿。在这里，放松和宽容是最佳策略；同时，外松内紧，防患于未然。

乡医老赵

　　1989年年底，我从太原回到榆次小住，由于某种原因不便离开，便索性给自己放了个小假。假期对于年轻时的我非同寻常，因为成为作家后，我的生活基本都围绕写作。无论干什么，哪怕是远方来客的访谈，总还记挂时间，怕耽误了正事。但这段时间，我决定放松一下，闲散上一阵。有个细节至今想来还觉有趣，那日我仰在床上发呆，之后悄悄地笑了。妻子不解，问什么意思，我伸着懒腰说：不用写作的日子真好。

　　这也说明，我的的确确需要休息了。

　　我那时住在榆次锦纶厂宿舍，是"文革"期间因陋就简盖的一排排平房，邻里们站在门前窗后就可和屋里人对得上话。熟人来了，有时连门都不敲就进来了，不像现在城市里的高楼大厦，同一楼的住户，几年下来可能连照面都少之又少，所谓"鸡犬之声相闻，老死不相往来"。

　　那是一个寒冷冬日，吃过早饭后推门进来一位不速之客，就是我要说的这位在山区乡镇行医的乡医老赵，看打扮介于县城和乡村人之间，四十多岁，个子很高，嗓音洪亮。因看了我的书，很是"敬仰"，特来拜访。那些年人们还没有条件在茶馆会客，我的家中常会不请自来一些素不相识的客人，写作时我会提醒访客注意时间，但老赵来时我正给自己放着假呢，于是沏茶倒水，从"望闻问切"开始，聊得很是投机。聊了一阵，老赵将目光转向我的妻子，说她体质有些虚寒，需要补一补。我告诉他，那一年妻子常为我忧心，以致影响了健康。老赵说不妨，若信得过，我给她开上几服药，吃后会大有补益。

　　此前我们已经中医中药地聊了一阵，自觉对他有把握，于是请他把脉开方。

　　老赵把脉后拿起纸笔略一蹙眉，唰唰唰很果断地开了处方。在交给我的时候特意叮嘱，抓药时一定不要理会药房师傅的话，放心照吃就是。我接过药方一看，用我那时尚有限的中医知识来看，称得上是一剂"虎狼之药"，于是向他请教："如此大热的补药，患者的身体是否承受得了?"老赵一笑："对于虚症若小打小闹地补一下，只会使虚火更盛，完全达不到补的目的。只有补到一定的分量，火才能沉入体内，起到补的作用。"

见我将药方收好，老赵踌躇了一下，说："我来找你，其实是有件事想麻烦你，你别见怪。"见我很明朗的表情，他说前一阵遇到了点难处，想让我帮个小忙。我点头："只要能做的，但说无妨。"他有些尴尬，似乎不好开口。我又鼓励，于是他说，想从我这里借五百元钱，但将来一定会还。

原来是这么个事，我松了口气，立刻从里屋取出钱来交给他。老赵将钱收好后，无论如何要写个借条，那年头五百元钱还算个钱，但还是被我坚决拒绝了。

转天妻子拿着药方去了附近一家药店。开药店的老板是个当地有些名气的医生，我们早已是朋友，我散步时路过他的小店，常会进去侃侃中医中药一类，很是投机。老板对着药方一时有些发愣，问抓给谁吃，妻子说自己吃。朋友大摇其头："这个药大补，如此大的量，你这个年龄吃了不仅无益，还要掉头发的。"于是妻子将老赵的话重复给他，说开药方的医生早说了，不要管药房的师傅说什么，照抓照吃就是了。老板仍不放心，找到家里，听到我的解释方说："既是如此，我就不说什么了。"

妻子接连吃了乡医老赵的几服药，一点火没上，且效果奇好。那一阵走出来，许多人都觉得她脸色红润，人也显得年轻了。

之后不久我回了北京，直到 1990 年年底才又回到榆次，只打算小住。说来也奇怪，到榆次没几天，老赵居然又一次寻了来，专程为了还钱。其实我早将他借钱的事忘到脑后，倒是他的另类药方让我一直记忆深刻。我问他之前可曾来过？老赵摇头，说上次见面后这还是第一次来榆次。于是我告诉他自己一直住在北京，这是才回来不久，住不了几天还得回去。说罢两人相视大笑。老赵得意地说："我算准了你会在，咱们就有这个缘。"

老赵说："上次他进门前确曾想过，和一个素不相识的人伸手借钱，不知会不会被人看成骗子，也不知你这个作家会不会诚心待我。"

这件事已过去二十多年，几年前他不知从哪里得到了我妻子的电话，说他现在诸事顺遂，什么时候路过北京想见上一面。我们没有再见过面，但人生的这次缘分还是留下了有趣的记忆。

　　我从年轻插队时起，多年生活在社会底层，结交了不少奇人异士，对于民间智慧从不敢小觑。他们也每每把我当成挚友，将从不示人的"秘密"毫无保留地告诉我。

　　我很珍重与乡医老赵的交往。

编辑小位

　　小位是我一本书的责编。2006年秋，我收到一封 E-mail，对方是一家图书公司的编辑，主旨当然是约稿，除了一般的客气话，特别提到自己是民俗学硕士，一直关注人文话题。

　　写信的就是小位。由于姓位的人很少，她的名字引起了我的注意。

　　我那时手边正好有部书稿，以个案故事的方式讲了一位心理学家对焦虑症患者的治疗过程。书稿写成后曾给出版界一位朋友看过，他出版过我的不少书，但读这本书他却感觉"不大理解"，似乎"看不到市场"。我对自己的书很多时候是"守株待兔"，有人约了，就拿出来，一时没有合适的出版条件，我也不急。我给小位的回信简单介绍了这部书稿。小位很是兴奋，并很快将我随后发去的"内容简介"及部分样章申报了选题。这就是后来出版的《焦虑症患者》。

在书的出版过程中，小位和我有过不少交流，除了编辑和作者之间就书的版式编排及封面设计等，她还多次谈到阅读这本书的体会。我告诉她，写这本书，除了想让读者了解更多的心理学知识，使人们面对抑郁症、焦虑症不必恐惧，我还希望对患者的亲人有所帮助，告诉他们怎样建立信心，使患者的康复有更妥当的环境。抑郁症、焦虑症是一种心理疾病，不像生理疾病那样容易识别。一个人生理患病了，哪怕是发烧感冒，都很容易得到家人朋友的同情和照顾，更不用说那些肿瘤或脏器病变等重大疾病了。心理疾病则不同，通常的医学检查并无症状，但病人的痛苦更甚。这类病初起，家人还会关心，但时间长了，缺乏相关知识的人会认为患者在"装病"，是"没事找事"，又由于对病况认识不清，造成亲人疏远，这种情境下会使病人更感无助。

书在第二年春天顺利出版，看得出在封面设计及内文版式上小位都下了很大功夫。小位还将它推荐给有过焦虑倾向的老师看。老师说很有帮助。这都让人欣慰。

这本书出版后我收到很多来信，书也很快再版。一天，我意外地收到网友转来的一篇小位的博文，讲的是她一段亲身经历。

小位出身农村，是村里的第一个大学生。这样的女孩在大都市生活会面临怎样的压力想想就知道，更不要说她还承载着荣耀家族和回报双亲的重负。

小位有个叫向阳的表弟，是村里仅有的几个大学生之一，从小到大都是听话的好孩子，在三次高考之后上了本科。五年的学习花费甚多，为了让这个儿子出人头地，父亲与弟弟共同外出打工挣钱，这种付出自然也就附着了绝大的期望。向阳学的是土木工程设计，很费脑力，常对家人说感觉吃力，毕业后好不容易找到工作，又要熬夜绘图，偶尔回到家里也是对着墙发呆。向阳是跳楼自杀的，这是他选择的最决绝的告别方式。死时一手遮脸。他出事后同事并不了解他的苦恼，只知道他经常吃药。单位也难以理解他为何走上这条路。向阳的骨灰被埋在村西南的小沟边，那是十分僻静的地方，很少有人走过。一个生命就这样消逝了，离他大学毕业仅仅一年多的时间。

向阳留给家人一部电脑，里面存有他生前的录像，愁眉不展，泪流满面。

小位说，她也是直到向阳出事后才知道他患了抑郁症。在农村，没有人懂得抑郁症是怎么回事，得了这种病在家里是谁也帮不了的，只有自己想办法。小位猜测，怕被别人当作精神病人，或许是向阳弃世的原因之一。小位也是有过抑郁症的，被折磨过很长时间，好不容易才走出来。这些叙述使我了解到小位为何对《焦虑症患者》有独特的理解，这或许就是这本书与小位的缘分。

我曾在农村和工厂近二十年，对底层百姓的生活很熟悉。我知道成功对于出身低微的年轻人的价值，但我还是提醒小位和那些太要强的年轻人，不要对自己再举鞭子，因为不催赶着，他们已经非常努力了；相反，倒要对自己更宽厚些，不要目标太高，累着自己。

善待世界既包括善待他人，也包括善待自己。

我和小位至今未曾见过面，她多次路过北京想"请我吃饭"，我都谢绝了。这是因为我不喜欢任何形式的应酬，她对我的理解、我对她的关切用不着任何表面形式。

小位现已到另一城市工作。逢年过节，她会发来 E-mail 讲述自己一年的收获。我对她的告诫是，由于曾经有过的抑郁症，即使康复了，也还要小心，一生都要注意高目标的困扰。

阅读的需求

1986年夏天，我曾在香港做过一次文学讲演。本来是随作家代表团访美，但当年的交通远不像今天这样便捷，进出国门都要经由香港转机。从美国回来时，香港方面特意安排了几位作家与读者交流。

当地几家报纸已提前发了消息。会场面积不大，只能容纳不到百人。这让我颇感意外。那年4月正逢《新星》热，我在首都剧场做过三次讲演，听众们每次都将一千多个座位挤得满满当当。相比之下，这里听众显然少了。不料同行的邓友梅先生却说，一般情况下这类活动能有三分之二听众就不错了，现在已经没有空位，这在香港就可以称为"盛况空前"了。

我是这样开始讲演的：

一踏进中华文化促进中心，我就想，朋友们是带着什么样的动机来的？他们希望听到什么？根据我的判断，大概有以下四种动机：

一、有些朋友出于好奇，想更深入地了解这几位作家。好奇亦是一种悬念，悬念可以说是第一个动机。

二、不少朋友还想了解大陆的情况。那么，听听作家对大陆的介绍，看看他们讲演时的神态，包括回答问题时的自由度，由此对大陆政治、经济、文化等方面的状况做点判断，这可以说是第二个动机。

三、进入会场的时候，我曾被几位年轻人围住，他们提了些人生哲理方面的问题。希望和作家深入探讨哲学问题，这可以说是第三个动机。

四、有些朋友爱好文学，想当作家，希望探讨文学和写作。这可以说是第四个动机。

那么，读一部文学作品和听作家讲演，在需求层次的本质上是一样的。

阅读一部小说，首先吸引人的往往是人物性格冲突所形成的情节，它的未知和引人入胜的故事，即通常所说的悬念。当然还包括生活画面、幽默感、情趣，等等。这就构成了阅读需求的第一个层次。当然，娱乐也包括在内。茶余饭后的阅读不失为一种消遣和娱乐。

然而，娱乐不仅仅是文学阅读的唯一需要。你想了解沙俄时代的社会吗？要读一读《安娜·卡列尼娜》《战争与和平》。想了解中国的封建社会吗？读一读《红楼梦》。

这就引出了文学阅读的第二个需求，即通过阅读了解社会、了解历史。

文学作品除了悬念和娱乐的层次外，应具备社会批判的层次。这也是文学阅读的第三个需求，即对人生哲理的探讨。

很多女性在读《简·爱》《红与黑》这类名著时，要探讨诸如婚姻、爱情、家庭、伦理等种种问题，在阅读中与作者对话。一部有价值的作品同时应在人生哲理方面为读者提供一些耐人寻味的东西。

最后，第四个需求即渴望在文学阅读中得到美的享受。

以上文学阅读的四种需求层次，对作家来说同样是写作中应该追求的四个层次。

这里，我想讲一个刚刚构思的故事。

今天踏进中华文化促进中心，主持人十分热情地接待了我。当时我就想，如果主持人是一位女性，而我们年少时有过一段青梅竹马，因为种种无奈分开了，那么，此刻的重逢或许可以有许多故事。如果把这个故事写出来，曲尽其妙，人们会愿意读的。为什么？这里有悬念。

然而，只有这样一个层次是远远不够的，因为太通俗了。这就说到小说的第二个层次，希望它包含更多的社会历史内容。

比如写写造成我们二十多年前分离的原因，分离后各自经历的生活曲折，不同生活环境下形成的性格冲突。她的性格形成史必然伴随着对香港生活的描绘。我的性格形成史必然伴随着对大陆生活的描绘。通过对两人性格冲突的描绘，展示两块土壤不同的社会生活。这样，人们就会在好看的故事中找到严肃的社会、历史内容。

然而，仅此还不够。

活在世界上的每一个人都是在不断地探讨自己的人生哲理。一对分离了二十多年的恋人重逢，必然会有各自的困境，一种无法言说的惆怅。在回顾以往的同时，更重要的是面对当下的人生。

再然后，一部小说最后要有审美价值。这除了故事、人物、悬念，除了社会生活的丰富性与深刻性，除了人生哲理的意味深长，还与诸如语言、叙述形式、结构的恰当与新颖、各种文学意义的创新有关。

　　说来说去，作家写作上的追求正是在迎合读者的阅读需求，当然同时又会引领这种阅读需求。明白这一点，对于阅读和写作都是有益的。

父亲的畅销书

父亲并非作家，但生前写过好几本书，有的还成为畅销书。最重要的著作《工业与民用建筑工程概算编制手册》仅字数就达百万，称得上"大部头"了。

这部书的写作，还得从"文革"前说起。

父亲是搞建筑的，专业是工程概预算。他在这个领域专业到什么程度呢？用一句不夸张的话说，他站在一幢大楼前，能够根据大楼的规模和使用的建筑材料，很快估算出它的造价——细化到一吨水泥、一颗螺丝钉的价格。"文革"前父亲在建工部工作，主管概预算这一块。我家那时住在百万庄的建工部大院。"文革"来了，一家人被分了几块，我去了山西农村插队，弟弟随大流到内蒙古兵团，父母下放河南干校，原来的家自然不能保留，只留下一间房给在北京当工人的妹妹居住。简单的几件家具被捆扎着运到干校，一个家就这样散了。

1970年深秋，我在农村接到父亲来信，说干校要解散，但建工部已被取消，北京是回不去了，人员需重新分配。因我在山西，父亲申请来了太原。

接信后我急匆匆赶到太原，见面时他们也才下火车不久，行李还未及打开，散乱地堆在地上——不过是几只箱子和杂物。问到家具，父亲说都是公家的，离开干校时要求全部上缴，只好到这里再想办法了。

经过一番周折，父亲分到了十六平方米的一间平房，一张双人床，一张单人床，加上带来的一台使用了十几年的缝纫机、一个放碗的小竹柜和两只木箱，家当虽然少得可怜，却已将屋子堆得满满当当。

父亲所住的大杂院据说解放前是山西一个财务大员的宅邸，在我的长篇小说《衰与荣》的某些章节中可大致看到这个院落的规模和格局，确实不小，挤住着几十户人家。家家户户门前都堆放着煤和杂物。父亲也很快拉来几吨煤堆在房前。山西是个盛产煤的地方，取暖做饭都要靠煤糕。打煤糕是力气活，得掺上烧土反复搅拌，用水和好后制成砖坯样大小，再晾干垒起。我那时年轻，多次帮父母打过煤糕。用水更困难些，前后院几十户人家只有两个水龙头，洗洗涮涮全在这里。那年代还未有洗衣机，爱干净的母亲隔三岔五就得抱着一大盆搓洗好的衣服到水龙头处排队。

那是一段苦日子，好在父母很快就适应了，而父亲的写作也在安家后不久开始。

书的合作者金宗镐先生是与父亲一起下放到太原的，分配到另一单位。一日老友相聚，说起时下的混乱，许多建筑单位缺乏基本的概预算常识，闹出不少笑话。说着说着两人就动了心，决定写一本书，觉得"一定会有人需要"。至于将来怎么出版，"管他的，先干起来再说"。

先要查阅和收集资料，这就忙了好一阵。20世纪70年代，整个社会虽然已过了最乱的阶段，但资料遗失和无人管理却是常态。父亲与老金费尽周折，总算可以进入写作了。略作分工后，父亲承担了较大部分的写作任务。

那时我已经去了榆次的工厂当工人，周末常会坐车回家。父亲是下放干部，工作自然很忙，写作只能利用业余时间。我现在还常常想起当年父亲的写作环境，用"简陋"二字形容绝不夸张。那台自北京辗转带来的缝纫机就是他的"写字台"，上面除了资料、稿纸，还有画图用的尺子、计算器等。冬天炉子挪到屋内，空间越发逼仄，有时转身都不得舒展。但父亲却能心无旁骛地写作，哪怕外面喧闹，屋里母亲炒菜做饭，他都可以置之度外。这也是父亲的一大优点，就是极其专注，只要他在做事，可以完全不受外界干扰。百万字的大部头就是在这样的环境中完成的。

书写好后很长时间找不到出版单位，粉碎"四人帮"后才联系到一家出版社，其间又有诸多波折，直到1982年才得以出版。

1986年，我曾到王府井书店参加一个活动，书店负责人听说我与父亲的关系后，特意将我拉到临街橱窗前，指着陈列在那里的《工业与民用建筑工程概算编制手册》说："这是一本好书，凡搞工程概预算的人都得参考，它是我们书店的畅销书。"

这部著作在1986年获得由北京市新华书店、中国青年报社、《博览群书》杂志社联合颁发的年度全国优秀畅销书奖。父亲一直保存着这份奖状，这是他的骄傲。20世纪90年代末，这部著作修订后再版，并且加印。父亲后来从出版社要回了手稿，厚厚的一摞。我曾仔细翻看过，画图规整，密密麻麻的宋体字一丝不苟，从中可看到父亲的严谨。父亲生前还出版过几本有关建筑的书，这些书证明着父亲的存在，也证明了父亲的价值。

顺便要说的是当年的稿酬。

父亲的合作者金宗镐先生曾在一封信中谈道："直到 1987 年 10 月最后一次印刷，其中第二次印刷 3.1 万册，第三次印刷 4.12 万册，两次印刷作者仅得稿酬 1135 元，合 0.016 元/册，按全部五次印书 14.6 万册计，作者所得全部稿酬仅为 1.2 万余元，折合为每册 0.088 元，现在看来实在少得可怜，还要征收所得税。"

爱情侦探

生活中总有一些执着于爱情的人，想尽办法要去考察爱人是真心还是假意，人为地设计出许多手段：用谎言，用金钱，用美人计……视考验面前对方的态度和行为来判断两人的爱情优劣。殊不知，人性的弱点常常经不起拷问；即便勉强经受住了考验，心中也会留下不信任的阴影，为爱情埋下不安定的种子。

一位女孩来信说，她成了"须求助"的"具有爱情洁癖的爱情侦探"。

　　女孩今年二十九岁，相貌姣好，有不错的工作，她在信中说，没想到自己也有向人求救的一天，而且无助得这么彻底。

　　她这样描述自己：作为白领剩女，别人总说她要求太高，她一直不愿承认，细想一想，唯一算得上要求高的就是对方的忠诚度。有过的几次恋爱，只要一旦觉得确定了彼此的关系，她就会扫清所有的暧昧，毫无保留地告诉身边的人，包括追求者或对她有好感的男人："我有男朋友了"，一副名花有主、谢绝采摘的模样。而对另一半呢，自然也有"洁癖"性的高要求，比如必须保证忠诚，不得再对别的女孩有任何想法。可能不少女孩恋爱时都会这样做。但她与别人不同的地方是，在恋爱后的两三个月，为了证明对方的忠诚，她常常会忍不住试探一下对方。女孩通常会用陌生的 QQ 号加对方，将自己装扮成与对方适合的单身女孩，先问对方有没有女友，如果没有，做自己男朋友可不可以？试探的结果总是令她失望。到目前为止，那些男孩无一通过她的测试：经过几轮交往，她得到的答案基本都是"还没有女友"、"愿意继续了解交往"，等等。

　　女孩问："是我看男人的眼光太差，还是所有的男人都这样？"

　　在此之前，她经历过多段失败的感情，除了初恋是不懂珍惜而分手，其余的恋情不是遭人背叛就是被人欺骗，其中有三次恋情都是交往了许久，才知道对方已有家庭。

所以她现在才会变得疑心重重，不容易相信别人了。

不久前，在她情绪最低落时认识了一个大她四岁的男孩。

开始女孩并没有动心，只是对方给她的印象不错，属于朴实憨厚的一类。男孩坦白曾有过一段刻骨铭心的恋情，因女友父母嫌他出身农村家里很穷，坚决不同意女友与他交往，女友坚持了一段，终因顶不住压力而与他分手。女孩说，可能受伤次数多了，很怕再碰到三心二意的男人，虽然这个男孩三十多岁了且没有多少积蓄，眼下收入也不比自己高，但他的老实体贴还是打动了自己，于是决定和他谈下去。

男孩说，会疼爱女孩一辈子，绝不做对不起她的事。

两人就这样交往着，男孩对她越好，女孩心里就越是忐忑。

不久，她的老毛病又犯了，很想证明男孩是不是真的像他说的那样爱自己。于是在网上伪装成两个女性，一个表现得青春轻浮，一个表现得高贵稳重，分别在 QQ 上加了男友，表明自己是单身，想找男朋友。这样聊了几次，令她大跌眼镜的是，跟以前的结果一样，男友也吞吞吐吐地表示自己是单身。女孩为了不冤枉他是一时兴起，耐着性子又聊了几次，还故意提出要见面什么的，男友居然表示愿意考虑。

女孩大为伤心，一边信誓旦旦地说很爱很爱我，一边却又跟陌生的网络 MM 谈情说爱，并且不拒绝进一步发展。是这样的男人根本靠不住，还是自己的心理有问题？

可以明确地说，女孩这样考验男友的做法不可取。

在网上装成单身女孩引诱对方，本身就是对对方的不公平和不信任。这种做法从一开始就会在双方关系中播下怀疑的种子。女孩由于几次受骗变得草木皆兵，对一切男人都失去了信任；而这里更深刻的问题是，她对自己判断人的能力丧失了信任。解决这种"爱情疑心病"的关键，自然是逐渐提高自己判断人的能力；另外，还要去除爱情上的"洁癖"，不能对对方有那种"纯而又纯"的苛求。人性本是复杂的，再忠诚的爱情在面对别种感情诱惑时也难免被忽悠走神一下，要求绝对不受污染的纯粹专一是不现实的。

我告诉她，如果你以虚拟身份一再加大诱惑的"力度"，最终难免会使男友晕一下，何况又是在那个虚拟的网络世界，那不是有意给自己的恋爱制造"险情"吗？

婚姻幸福的关键不在于找到一个完美的人，而在于找到一个适合自己的人，然后和他一起努力建立一个完美的关系。对于那些感情受过伤的女性，尤其要放松心态，淡忘过去，相信总会有一个异性伴你一生阅读世界。假如一时找不到适合的对象，甚至准备一生不婚也没什么，天下万事都要随缘，对婚姻不抱过分理想化的"洁癖"式苛求（一苛求就会紧张，就会又起疑心病），才可能有不错的缘分出现。

这并非理论说教，而是实际规律。

儿子与足球

儿子从小受爷爷影响，是个标准的球迷，稍能跑动便拿着小皮球练习盘球过人。五六岁时，我带他去工体看球，到达时看台已坐了大部分的人，儿子坐在自己的位置上不停转动着身子，探头看着密密麻麻的人群和宽广的球场。他还没见识过这么大的场面，内心一定很震撼。球赛开始了，儿子也学着大人的样子拍手、振臂，包括呼喊口号。

球赛进行中，儿子突然很热切地提了一问："爸爸，你说爷爷奶奶能在电视上看到我们在这里看球吗？"此前儿子多次在电视中看球赛转播，看客们欢呼雀跃的场面给了他很深的印象，以他当时的思维，以为既然坐在体育场里，一定会有电视转播，而只要转播了，坐在家中的爷爷奶奶一定能看到他。其实那场球赛不过是我们和非洲一个并不出名的球队之间进行得很普通的赛事，有一点友谊赛的意思，现场根本没有电视转播。我不忍扫了儿子的兴，犹豫了一下，说："爷爷奶奶应该能在电视上看到我们。"

儿子不放心地追问了一句："真的吗?"我肯定地点点头："真的。"

这个回答显然让儿子非常满意，也使他在鼓掌喊叫时有了某种"镜头感"。

随着年龄的增长，儿子对足球的热爱越来越甚，也因为足球，我们有了争论。

儿子说，他长大了要当足球运动员。以我对儿子的判断，他虽然在同龄孩子中球技很好，也很会用脑子，但离一个职业球员的全面素质还有差距。于是我说，爸爸支持你踢球，但足球只能作为一种业余爱好，如果你当了球员，可能二十多岁就得退休，那时该怎么办? 儿子说，那时我还可以再学习。我再劝："那么多人热爱足球，但能踢到职业球员的终究是极少数人，万一中途你被淘汰了怎么办?"儿子当时很激烈地反驳我：

"如果大家都像你这样想，那谁还会为国争光?"这句话竟使我一时语塞，此后我们再没有就此发生过争论。但成年后的儿子常会提起这件事，觉得没有实现当运动员的梦想是人生的一大遗憾。而这个结果作为父亲的我负有责任，我每次都是笑着摇摇头。

儿子上中学后参加了校足球队，并且担任队长。那年高中暑假，儿子所属的球队一路过关斩将，从海淀区踢到了北京市，这可是不小的胜利。但儿子并不满足，憋足了劲儿要争夺第一。不想在争夺决赛权的比赛中脚踝受伤，从脚腕到小腿肿得老高，走路一瘸一拐，虽然又是上药又是按摩，仍是一大片瘀青。妻子心疼，力劝他别再上场，说腿伤了是一辈子的事，但一向听话的儿子说什么也劝不住，认为这是"集体的荣誉"，该拼的时候就要勇于站出来。无奈之下妻子只好把我搬出来，说这样的大事要"听听爸爸的意见"。儿子一向是信任我的，我当然不希望他带伤"出战"，但怎样说服他却颇费了点心思。儿子稍大后，我们之间常会有一种"游戏"，比如一件事他不大拿得准时，会让我帮忙"预测"一下，以我的人生经验，结果通常会应验，这也使我在儿子心目中很有"权威"。在妻子的各种道理都穷尽之后，只能由我出场。

儿子的问题是，如果他不上场，他的球队能否赢得这场比赛？

我很认真地告诉儿子，即使他不上场，他的球队还是会拿到冠军。我的"预测"错了，那场球儿子的球队输了，只得了亚军。为此，儿子很长时间都在埋怨我（他知道我"骗"了他），说早知道这样，无论怎样他都会上场，即使受再重的伤也值得。

作为父亲，我的目的已经达到，并不为此辩解。

从小到大，我对儿子的教导是诚实做人。一个诚实的人才能得到他人信任。

记忆中只有这两次没有对儿子说真话，但那却是出于父亲的善意。

小说家的天赋

许多人问过我，创作需要不需要天赋？这似乎是个不需要回答的问题。创作怎么可能不需要天赋？也因此，我一向不鼓励年轻人以写作为职业，因为这碗饭的未知因素太多，不像掌握一门技术，至少能解决温饱。但不少文学爱好者还是矢志不移地尝试着写作，大多并不成功。在接连被退稿之后，很多人不免自我怀疑起来，是不是根本没有写作的天赋？

我想，世界上大概是有天赋这样的东西存在的。那些在各个领域取得成就的人天赋无疑是重要的因素。但对天赋也要辩证地看，姚明童年时就显示出打篮球的天赋，若让他练体操，好像离他的天赋就比较远了，也不可能出什么成绩。我们的体操运动员在世界大赛中拿到过那么多金牌，但让他们去打篮球，弹跳力再好，首先个子就不行。这就是要承认天赋。

承认了天赋，又不能完全依赖于天赋。姚明成为一个伟大的篮球运动员，除了个子高以外，还有诸多综合因素，包括他聪明的头脑，从小能在同样是运动员的父母的正确指导之下训练。我看过一些资料，我们的体操运动员从娃娃时就起早贪黑，相当吃苦，金牌可不是那么容易拿到的。

那么，怎样看待天赋呢？

对于一个二十多岁的青年人，他有没有天赋已经是个客观存在了。或者有，或者没有，或者多一点，或者少一点。他适合做什么，是否有天赋，是由以往十几年的生活、社会环境、成长环境，包括文化教养，他受到的熏陶所铸造成的。在这里，遗憾、后悔甚至无视自己的过去都是无济于事的。首先应该承认自己的天赋现状，同时冷静地回答几个问题。

第一，要对自己的人生进行总结和判断，分析一下自己的天赋现状。如果你的天赋条件并不适合搞文学，而更适合于搞理论或技术，那么，你从事理论研究或技术研发无疑比文学创作对社会贡献更大，更能发挥你的优势。人的才能各有不同，一个优秀的管理学家不一定能成为好的小说家。而一个好的小说家却可能对管理完全是门外汉。各个领域对天赋的要求是不同的。硬逼着陈景润去写小说，无疑会扼杀一个数学天才。

这里首先是自我判断和分析。

第二，假若你认定自己具备一定的文学天赋，并决定以此为职业的时候，应当分析自己的所长所短，并有意识地在文学努力中扬长补短。比如一个人的视觉很敏感，他写的东西往往有画面感；而有的人听觉很差，他的读者就很少读到声音，看不到对声音的感觉和描写；还有的人听觉灵敏，但肤觉较差，他的文字往往缺乏对温度、湿度和空气的描写。这种种感觉也属于艺术天赋，要善于扬长补短，进行经常性的训练。

第三，要善于把潜在的天赋调动起来。

人类的很多天赋是潜在存在的。当你不把它调动出来的时候，它和根本不存在是一样的。很多年轻人有很敏锐的艺术感觉，但是没有把它调动起来，就认为它不存在，这就是错误的判断。再者，人的才能也是越用越有。很多作家一开始写东西并没有显出多少才气，但是越写越精彩，艺术感觉也越来越敏锐。这是在写作过程中不断调动自己潜力的结果。

从这个意义上讲，一个想搞文学的人不要因为一两次失败就悲观，不要因为最初的作品显得不那么有才气而气馁。初学写作时会有一些不顺利，包括别人的闲言碎语。不要被吓倒，要相信自己是有潜在天赋的，用自觉而勤奋的努力把它调动起来。

第四，即使把潜在的天赋调动起来，离真正的文学创作、离一个优秀的作家还会有距离。有一句格言，天赋就是勤奋。天赋是可以通过写作不断丰富和成长的。

作为一个艺术家，更重要的品格是年轻和诚实。所谓年轻，就是对待社会、对待生活要保持热情。头脑可以变得老练和复杂，可以积累更多的知识和经验，但心灵永远要年轻。再就是诚实，文字要率真。虚伪的文字最令人厌恶。

西恩的故事

西恩是先天性心智残缺的孩子，用他父亲的话说："我的儿子无法像别的孩子那样学习，也无法像别的孩子一样理解事物。"

一天，西恩和父亲到公园玩，看到一些西恩认识的男孩正在玩棒球。看了一会儿，西恩仰起脸问父亲："他们会让我一起玩吗？"父亲当然知道大部分孩子不会想要有西恩这样的孩子在自己的队上，但身为父亲的他也知道若能参加这样的活动，会让西恩得到他所迫切需要的归属感并建立起自己虽然残障仍能被接受的信心。

于是父亲不抱太大希望地走近一个男童，问西恩可否参加？男童看看周围的队友，说："我们输了6分，而现在正在第8局上半场，我们会在第9局设法让他上场打。"

西恩带着满脸的喜悦困难地走向球队休息区穿上球衣，父亲则悄悄地流下眼泪。在第8局下半场，西恩的队追了上来，但仍然输3分。第9局上半场，西恩戴上手套防守右外野，虽然没有球往他的位置飞来，但能在场上他已经很高兴了，父亲从看台上向他挥手，西恩笑得合不拢嘴。

在第9局下半场，西恩的球队又得分了。而此时，二出局满垒的状况，下一棒是球队逆转的机会，而西恩正被排在这一棒。

这是一个重要关头，他们会让西恩上场击打而放弃赢球的机会吗？大家都知道西恩根本不可能打到球，因为他甚至不知道怎么握球棒，更别谈碰到球了。

让人惊奇的是，他们真的把球棒交给了西恩。投手似乎已经明白对手为了西恩生命中重要的这一刻放下了赢球的机会，所以他往前走了几步，投了一个很软的球给西恩，让他至少能碰一下。

第一球投出来，西恩笨拙的挥棒落空。投手又再往前走了几步，投出一个软软的球。当球飞过来，西恩挥棒打出一个慢速的滚地球，直直地滚向投手。投手只要捡起这软软的滚地球，就可轻易把球传给一垒手让西恩出局而结束这场球赛。然而，投手把球高高地传往一垒手的头顶上方通过，让他所有的队友都接不到。

这时，站在看台上的人不管是哪一队的球迷都开始高喊："西恩，跑到一垒！跑到一垒！"西恩这辈子从来没有跑这么远过，但他还是努力跑到了一垒。他踩上垒包眼睛张得很大而且很惊喜。每个人都喊着："西恩，跑向二垒，跑向二垒！"就在喘息未定的西恩蹒跚地跑向二垒时，右外野手拿到了球，这个全队最矮的小个子第一次有了成为队上英雄的机会了。

他大可把球传向二垒，但他显然了解投手的心意，故意高高传往三垒手的头顶过去。当前面的跑者往本垒跑时，西恩跌跌撞撞地往三垒跑。

大家都为西恩加油："跑向三垒，跑向三垒！跑下去，跑下去！"

西恩能到达三垒是因为对方的游击手跑来帮忙将他带往三垒的方向。当西恩抵达三垒时，双方的选手和所有的观众都站起来，高喊着："西恩，全垒打！全垒打！"

当西恩跑回本垒踩上垒包时，全场的大声喝彩就如他打了一个大满贯并为全队赢得比赛的英雄一般。

父亲说："那一天，两队的男孩子和全场观众把真爱和人性的光辉带进了这个世界。"

西恩没能活到另一个夏天，他在那年冬天过世，但他从没忘记他曾经成为一个英雄而且获得了那么多的鼓励。

这是一位我熟悉的网友转给我的故事。面对各种各样的弱者，我们的社会太需要那种给西恩力量的球队的精神。它不仅是弱者的需要，更是整个社会的需要。

——救助西恩就是救助我们自己。

平凡的幸福

傍晚在公园散步，听到两个年轻人闲谈。两人你一言我一语地抱怨着紧张的工作，说每天早起晚睡疲于奔命，不知何时是个尽头。对这种抱怨，我早就熟悉，现在年轻人生存压力大，众所周知。但接下来女孩的一句话让我注意。她说，如果有来世，她希望能变成一头猪，吃了睡，睡了吃，什么都不用操心。

女孩的气话让我想起一位认识的司机，从外地到京打工，找了个给老板开车的工作，这类工作说不上有多劳累，就是耗时长，不论早晚，老板一个电话得随叫随到。这个外乡的年轻人常随老板出入高级饭店和各种娱乐场所，但大多数时间只能候在车里，等老板吃饱喝足办完事情将老板和他不断变换的情人们送回住处。他告诉我，这样的生活很无聊，打发时间的办法除了在车里睡觉就是闭着眼睛听歌。

我鼓励他趁此看看书学点文化，既充实生活的内容，也是一种人生积累。

年轻人断然地摇头，说学那些没用，那么多大学生拿着文凭还找不到工作，他即使真的学成了知识分子，也不见得能挣到更多的钱。这位年轻人喜欢买彩票，每周都买。也中过几次十元一类的小奖，其他时候一无所获，与他的投入差得很多。

我告诉他，中大奖的概率很低，就好像有飞机在北京城的高空扔下一块大饼，能砸到你身上的可能性几乎为零。但年轻人还是锲而不舍地坚持，说凭自己的能力，这辈子也挣不到自己期望的钱财，除了买彩票看不到改变命运的机会。

我问万一中个几百万的大奖，你打算怎么处理？年轻人向往地笑了，说早已打算好，先买套大一点的房子，再买辆好车，然后到老板进出的那些高级场所好好地"消费"一下。我问怎样消费，他说要照着最贵的饭菜点上几桌，而且要叫上漂亮小姐在身边伺候，渴了有人送水，乏了有人按摩，这才是神仙过的日子。

　　这就是这位年轻人的梦想。

　　他可能不知道有这样一个故事。

　　很久以前，一个穷人死了，发现自己来到一个特别美妙的地方，有花园美女，有令人炫目的娱乐，还有享用不尽的美食。仆人告诉他，他就是这里的主人，想吃什么，想玩什么，这里的一切都可由他尽情享受。这个人在惊奇之余又感到特别庆幸：这不正是我在人世间的梦想吗？于是他每日就浸泡在美色与美食之中，得到前所未有的快乐。

　　然而，日子一天天地过去，美食变得不那么可口了，游戏也越来越乏味，那些曾经让他感觉天仙般美丽的女人们再也提不起他的兴趣，每天早晨醒来他不知该怎样打发时间，于是他对仆人说："这样的生活很无聊，我需要做点事情，你能给我找一份工作吗？"让他大感意外的是，这个要求竟被拒绝了。仆人说："很抱歉，这里没有工作可以给您。"沮丧之余，他愤怒地说："这真是太糟糕了，早知这样我干脆去地狱好了！"听了他的抱怨，仆人温和地回答："先生，您以为您在什么地方呢？"言外之意这里正是地狱。

　　也许听了这个故事，年轻人也还是迷惑不解。

　　以他的理解力，要想清其中的道理恐怕不那么容易。

　　有一份能自食其力的工作，未尝不是一种幸福。饿了，吃是幸福；渴了，喝是幸福；累了，睡是幸福；孤独了，爱是幸福；危险了，安全是幸福。这道理人们都明白。但吃撑了，不吃是幸福；喝胀了，不喝是幸福；睡多了，找事干是幸福；爱多了，独处是幸福；安全太多了，探险求刺激是幸福。这后一半道理很多人常常不明白。

　　人生最大的不幸就是身在福中不知福。

暴走与夜行

　　多年来，我一直关注心理健康问题，《走出心灵的地狱》是一部纪实作品，详尽记录了我对一位抑郁症患者的解析与帮助过程。许多读者因为这本书与我相识。小林就是其中一位。

　　四十岁前，小林一直认为自己是个幸运的女人：大学毕业后找到了不错的工作，之后结婚生子，丈夫高大俊朗，收入不菲，对妻子宠爱有加，儿子聪明好学，人见人爱。周围人无不羡慕她，说她命好。意外的打击来自三年前，丈夫患了重感冒，这本不算什么大病，但感冒好了，又闹开了肠胃，不是腹泻就是胃痛，人瘦了一大圈，干什么都打不起精神。小林四处求医，肠胃总算好了，心脏又感觉不适，早搏频繁，连班也上不了。小林陪着丈夫大大小小的医院查了个遍，确诊的竟是一个她如何也想不到的病：抑郁症。

小林通过出版社找到我时，精神濒临崩溃。丈夫在私企上班，长期病休的结果自然是被辞退，小林为照顾丈夫耽误了不少工作，逐渐被单位"边缘化"。更让她焦心的是儿子，由于无力顾及，成绩明显下滑。小林说，几年来她陪着丈夫药也吃了，医院也住了，能想到的方法都想到了，但丈夫的病情一直起起伏伏，好的时候跟健康人没什么两样，症状严重了，不光是发脾气吵闹，几次还偷偷地计划自杀。更让她崩溃的是在网上看到的一句话："抑郁症就是不死的癌症。"小林不知往下的路该怎么走，丈夫的病是否真的无药可治？

我告诉小林，抑郁症并不可怕，简单地说，就是精神上患了一场感冒，只是这场感冒时间比较长，而且经常会有反复，所以，不论对家属还是患者本人，建立战胜疾病的信心都非常重要。有了信心，除了看病吃药这些通常的医学治疗外，还可进行一些必要的行为疗法，切忌整天待在家里四目相对。

具体到小林夫妻的情况，我向他们推荐了"暴走"与"夜行"。

暴走是人所共知的简易锻炼方法，只需一双合脚又舒适的运动鞋。

夜行则是某些人的特别"爱好"。一群人在晚饭后集合，背上两瓶水再带上手电，天黑时出发，大步疾行至天亮返回。小林有些不信："就这么简单?"我告诉她："就这么简单。"几年前我考察过夜行族，他们之中不少人曾患过各种各样的慢性病，比如脂肪肝、血压高、颈椎病，被折磨得厉害了，索性下决心加入夜行一族，心态放松地走上一阵，不少人还真把病走好了。我认识一些白领，工作压力大，多少有些抑郁或焦虑倾向，又不愿意吃药，一段时间的夜行后，普遍感觉神清气爽、精力大增。如果一定要说其中的道理，想当然的有很多，包括豪迈的精神、相当的运动量，还有我们的脚掌穴位密集，走路就是不间断地按摩这些敏感穴位。此外，一群人这样暴走夜行时会进入一种什么都不想、什么都放下和放开的状态，这对疲劳紧张的身心尤其有相当的调整作用。

小林决定先体验一把。周末的晚上，她跟着二三十个夜行族一起上路，队伍中的"老人"们一直十分关照着这个"新人"。小林跟着队伍在夜色中急速走着，从城里走到郊区，又从郊区走回城里。乡下路黑，就打开手电，路遇值夜的警察，对方会见怪不怪地冲他们微笑挥手。老资格的夜行者不时轮换着走在队伍的两头，带队的掌握着速度，也更消耗体力，而押后的则时时照顾着体质稍差或像小林这样的新人不要掉队。

那是一个冬夜，事先被告知不要穿得太多，免得出汗着凉。相对单薄的穿着让小林初走时还感觉寒风刺骨，但很快就身体发热，继而竟微微冒汗了。领队的说，微汗是最好的状态，出汗可以排毒，但不要出大汗，免得冷风吹了感冒。路经一条小河，河面已结成厚冰，在月光下闪着寒光。众人似乎早有默契地脱下鞋袜，赤脚踩上了冰面。小林当时虽有犹豫，也只好迟疑着脱下鞋袜，哪知脚底一接触冰面，一阵如刀割般冰冷的刺痛。但看到别人都神态自若，她不好意思马上穿鞋，勉强坚持了两三分钟，还是第一个上了岸。之后的感觉令她惊异，穿上鞋袜后的双脚竟是前所未有的舒服，热乎乎的，再上路时脚步轻快得像要飘起来。就这样一直走到天亮，小林估计这一晚走了五六十里。

天亮散去时，她已和大多数人熟识。

一位中年人告诉她，自己曾患抑郁症十多年，两年前加入夜行后，现在全好了。

这样走了几次，小林对这种锻炼方式有了信心，并且最终说服了丈夫。现在他们每周必定要参加一次夜行，丈夫每天还要暴走五公里。"上瘾了"是他对暴走和夜行的评价。半年后，这家人重回幸福的日子，丈夫不仅找到了新的工作，而且生气勃勃。

内在的自由

一位 80 后读者来信，提了一个一直困扰他的问题。他说，他总爱用别人对他的认可度来衡量自己的价值，久而久之就成了讨好型人格。处处讨好别人，让他变得极度敏感。不惜委屈自己，使他失去了内心的自由。他问："我该怎么处理自由与被认可的关系？我做得不够好是不是跟我从小的经历与极度缺乏安全感有关系？"

人格形成当然和从小的经历有关，对于一个男孩子来说，童年缺失父母关爱，特别是缺失母爱，会让他缺乏安全感，变得不自信。我在《破译命运密码》一书中曾剖析过这种人格的特点。但抛开这类特定人群，对于社会的大多数人来说，社会认可与内心自由的矛盾普遍存在。

就以作家这个职业来说，一部作品得到社会认可无疑会使作家受到鼓励，成为创作的动力。但很多时候，好的作品也会很寂寞，得不到众人喝彩，甚至身后才被承认，文坛这样的例证不少。于是作家就面临着选择。可能最想写的东西与当下的社会认可无法统一，那么，或者迎合大众，或者屈从内心。我们看到那么多虽然喧嚣一时却很快被遗忘的作品，也有那么多人选择了默默耕耘，哪怕知音寥寥。

这是从事业的角度说。日常生活也不乏这样的例子。

我有一个熟人，在周围人眼里她是孝顺的女儿、贤惠的妻子、慈爱的母亲，但她却常常会为一些小事烦恼。比如，今天晚上丈夫下班后有一句抱怨，她会想，丈夫是不是对自己不大满意？明天去看望父母，老人不经意流露出一点不高兴，她又会反省自己是不是哪一点做得不够好？后天儿子放学回家后不想说话，她又认为儿子对自己疏远了。其实引起她疑虑的这些因素往往并不存在，对方的种种表现很可能根本不是针对她的，当她总为这些琐事困扰的时候，心中便没有了自由。

还有一个女孩，每次和朋友聚会后总是特别疲惫，又找不到原因。其实，她之所以累是总想刻意讨好别人，想让身边的每个人都高兴，而这种内心毫不自由的应酬需要很大的精神支出。从心理学的角度说，人为什么想刻意讨好别人呢？自卑恐怕是一个原因，但有时一个人太过优越，不愿使周围的人受到刺激，也会变得四面讨好，诸如此类原因种种。

怎样拿捏社会认可与内心自由之间的尺度，这是一个哲学问题，也是许多人都要面对的实践问题。社会认可与内心自由当然是一对矛盾，不仅是从小缺乏安全感才会面对这样的困扰，社会上的绝大多数人，只要不是过分放纵自己，都需要在这两者之间掌握平衡。

只是不同的人有不同的平衡尺度。

有些人毫不考虑社会反应和他人认可，一味我行我素，无疑会碰钉子。而有些人过分注重环境和社会认可，特别在意他人与亲友的感受，处处压抑自己也不必要。

这里，过分的放纵自我和过分的"讨好"环境都是偏颇。

而在生活中，凡是受到这个问题折磨的多是后者。来信的男孩就属此例。

究竟如何拿捏社会认可与内心自由二者之间的尺度？

首先，最好做到两者兼顾，既获得社会认可，又获得内心自由。譬如选择既有成就又自己喜欢的职业，选择既有业绩又自己爱做的项目，选择既有合作成效又自己喜欢的合作伙伴，如此等等。这里有很多艺术。

其次，当社会认可与内心自由不能兼顾时，要敢于在二者间做出取舍，要划定内心自由领地不可侵犯的底线，坚决保护心灵的自由。我们要追求社会及他人的认可，但只能适度的"察言观色"，适度的"委曲求全"，适度的"讨好他人"。如若过分，整个人都崩溃了，社会认可还有什么意义？

再次，对于社会认可本身也要取舍。前提是区分社会认可的重轻次序。如你将事业放在首位，那么与事业无关的许多人际关系应酬就要尽可能删减回避。为了大的社会认可，你必须放弃处处做好人的"奢望"。如你将家庭看得特别重要，那么，影响家庭生活的许多交际都要省略。谢绝一些邀请会使一些朋友不满意，但你不能"讨好"一切人。

至于再细下去，对他人哪种程度的"讨好"是必需的，哪种程度的"讨好"是多余的，都要学会掌握其中的取舍分寸。

社会认可很重要，自由和洒脱更重要。

难忘的春节

在我年少时，春节是值得期待的。但这样的春节却在1968年戛然而止。那一年我下乡插队，不久弟弟被发配到内蒙古。父母去了河南干校，北京只留下妹妹一人进了工厂。一个曾经完整的家就这样散了。

接下来的一些年，我的家和许多中国家庭一样颠沛动荡，其间家人也见过面，但始终没有团聚过。1976年年底，中国正经历着一个重大的历史转折。而我的家人也通过书信往来确定，一定要过一个团圆年。

这自然是父母盼望了多年的喜事，但临到眼前又颇多为难。

首先是怎么住。父母早已从干校到了太原，在大杂院里分得一间十多平方米的房子，带到干校的家具早被充公，经营了半辈子的家当只剩下两只木箱和一些被褥。简单的家具再加上取暖的煤炉，小小的屋子被堆得满满当当。当年家人四散时，我和弟弟妹妹还是学生，现在我结了婚，妻子自然要"回家"过年。在北京的妹妹也准备带着新女婿"认门"。在内蒙古的弟弟早请好了假，这样，连同父母要有七口人在这个家里过年。我和妻子还好办，单人床边架一长条木板，铺上被褥也凑合了。弟弟是单身，小地桌两边架上小凳，勉强也能睡人。但新进门的女婿就不能太对付了。于是父母找单位借得一间小房，用木板在长条凳上一搭，新床单新被子一铺，以当年眼光看，也算过得去的"新房"了。

解决了住，过年的重头戏自然是吃。一向节俭的母亲说，平时再怎么难，过年不可马虎，尤其是她这些年和子女一起过的第一个团圆年。那些年物质匮乏，粮油肉蛋都要票，连花生、瓜子也在过年时才能凭本买上几两。母亲四处打听，知道有些东西在郊区可高价寻到，于是冒着寒风走很远的路从农民手里买来鸡鸭肉蛋，蚂蚁搬家似的跑来跑去，临近过年，居然有了相当丰盛的储备。母亲事先腌制了咸鸭蛋，还做了松花蛋。反正是腊月，鸡鸭肉放在室外也可冻得邦邦硬。还要拿出一部分腌制。母亲先用粗盐将肉里里外外搓匀封到瓮子里，隔三岔五地翻动，大约半个月盐充分入味后，取出用绳子吊起风干。母亲腌制咸肉表面看手法简单，除了盐几乎不放别的调料，但不知为什么，总比外面卖的好吃许多。

笋丝亦是必不可少的美味。母亲早早托亲戚从南方寄来笋干，提前十几天用清水泡上，除了隔天换水，还得不时拿到炉上煮开，反复多次才能将笋干泡软，再切成薄薄的笋丝。等咸鸡、咸鸭、咸肉都上锅煮好了，咸肉汤正好用来煮笋丝。整个过年期间，除了腌制的咸鸡、咸鸭、咸肉等每餐必备，大碗的笋丝也会一顿不落摆上餐桌，其鲜香可口是任何荤菜素菜都无法比的。

除夕夜，母亲将早已备好的饭菜堆满餐桌，心满意足地看着围簇在身边的子女们。父亲说："这个春节全家总算团圆，真不容易。我提议先到院里放几挂鞭炮。"于是一家人相跟着走到院里。那时鞭炮很少花样，无非是几毛钱一挂的小鞭。我们在夜色中点燃爆竹，噼噼啪啪的炸响引来一群孩子围观。邻居们向父母祝贺："今年好，孩子们都能回来过年了。"我那时在工厂，还没有开始写作。弟弟正谋划着怎样调离内蒙古，妹妹则开始大学课程的学习，父母也在积极联系回北京工作。

又过了几年，我成了作家，弟弟妹妹靠努力都获得了大学文凭，父母则如愿重新在京安了家。每年除夕我们仍会与父母团聚，母亲一如既往地精心准备年夜饭。

之所以特别"纪念"1977年的春节，除了那是家人多年离散后的团圆，还因为对整个中国来说，在这个乍暖还寒的时节，人们心底似乎对未来生出某种期盼。

《孤岛》与创刊号

我与《黄河》结缘，始于三十年前的《黄河》创刊号，长篇小说《孤岛》就发表在创刊号上。

说起《孤岛》的创作和发表，还有一点"小故事"。三十年来，我写了近二十部长篇，这些作品有的是历经多年准备，收集大量资料，写创作札记等，如全景式描写"文革"的《芙蓉国》，距 20 世纪末提笔写作时，我准备了近二十年；有的作品则是"临时起意"，《孤岛》就是这样一本书。

我的第一部长篇小说是《新星》，这无论从起笔时间还是发表时间上看都是毫无疑义的。但其实，若论作品的完成时间，《孤岛》却在其之前。

《新星》之前，我已发表了若干中短篇小说，心中自然有了写长篇小说的想法。《新星》是 1982 年夏秋之际动笔的，写作过程还算顺利，但初冬的一个夜晚，我在外面散步时灵感突至，一个构思生生挤了进来，就是《孤岛》。

故事的大致情节是：夏日的一场大雨冲垮了铁路，将行进中的一列火车围困在一片汪洋中。男主人公孙策在火车上邂逅了曾经的恋人、已成为著名影星的兰秋。而此时的兰秋早已结婚，丈夫朱江正带领摄制组在同一列火车上。孙策还意外遇到了一同坐过监狱、视他为恩人的崔天宝——他并不知道后者正因团伙杀人受到警方追捕。巧合的是，孙策还遭遇了当年挟嫌报复将他送进监狱的仇人古雪峰和他的儿子古伟民。

大雨如注，在火车即将倾覆之际，孙策带领着上千名乘客转移至附近的一个高地，这片高地就成为人类暂时栖息的孤岛。小说就此展开。在这个与世隔绝的困厄之地，我希望将人与自然、人与人的关系凝缩其中，而复杂的人性也能随之一层层剥开。

孙策作为危难时刻挺身而出的领袖，理所当然地负有带领人类战胜饥饿、疾病折磨的责任，而手持武器的崔天宝等犯罪分子更在混乱中疯狂地孤注一掷，将古雪峰和一个儿童劫持为人质。人类的生命随时受到暴力的威胁。

曾经的恋人兰秋在饥寒交迫中奄奄一息，面对孤岛即将覆灭的命运，她告诉孙策，她一生真正的爱只给过孙策，她要使自己痛苦的爱情回到它的归宿。

洪水终于把孤岛淹没了，人们在没膝深的水中一排一排列成圆圈，紧紧相倚，妇女、抱着孩子的男人被围在高一些的地方。洪水中与苦难做斗争的人类社会凝铸成一个镇静的群体。他们正视了苦难，也正视着苦难的终结：死亡。

这是我将之称为"哲理小说"的一部作品，与"现实主义"的《新星》不同，是我对象征主义手法的首次尝试。

《孤岛》很快完成了，我没有急于发表，而是沉下心来接着写《新星》。

20 世纪 80 年代，中国正兴起"文学热"，一部作品往往会引发令人难以想象的"社会反响"。我那时得过几个奖，尚属"新秀"，却已常常收到约稿。

这期间《当代》的章仲锷来山西组稿，他在当时被称为京城的"四大名编"之一，推出过不少好作品，对山西作家也多有扶植，"晋军崛起"的口号似乎就是他首提的。那时我和郑义都住在榆次，他特意中途下车停留。章仲锷是个温和随性之人，见面并不直接约稿，而是天南地北地神侃。比如谁谁又写了部什么样的作品，自己又编发了什么好稿子，文坛有哪些新鲜见闻之类。也会自然而然地谈起创作。我告诉他正在写一部从县到公社再到村落的长篇小说，希望缩影整个中国现实。他很感兴趣，希望我讲几个细节。他听得有些兴奋，说这篇稿子他要了，写好后一定交给《当代》，由他亲自编发。

《新星》于1984年新年伊始交给《当代》，当年很快就发表了。

记忆中《黄河》正是于1984年下半年开始筹备的，这在省作协是件大事。不少驻会作家都参与了筹备。那时《新星》已经有了点响动。我自然将《孤岛》的出版提上日程。多年来我有个习惯，对自己的作品是"守株待兔"的。小说没写完，一般不披露，也很少事先答应给哪家刊物或出版社。原因很简单，一旦说出去了，让对方有了期待，难免给自己增加压力。写作是份辛苦活儿，我希望给自己留点余地。哪怕写完了一时找不到刊物发表，也绝不愿事先张扬。

然而，《孤岛》的命运相对曲折些。我曾先后给过北京、上海的几家大型文学期刊，他们虽然都极为热情地约过稿，但看过稿子后都觉得不适合发表。认为"故事很吸引人"、"人物性格鲜活、生动"，但同时，对这样的稿子不大有把握，觉得

"有点抽象"、"不贴近现实"、"突出个人英雄主义"，有人甚至提出，《孤岛》的"政治倾向有问题"。这在今天似乎不可思议，但在三十年前是相当正常的。恰在这时，北岳出版社来榆次约稿，我谈了《孤岛》的构思，他们愿意出版。没过几天，《黄河》筹办的消息传到榆次并向我正式约稿，"作为省内作家，自然应责无旁贷地支持"。

那时写作不像现在，要用钢笔在稿纸上一个字一个字地写，我还有个习惯，只用北京的蓝黑墨水，有时要从北京买上大大的一瓶带回榆次。遇到好用的稿纸也尽可能地攒上一些，当时《山西文学》的稿纸就相当好用。我现在还保留着许多长篇小说的手稿。且不说手稿，只说誊写稿，一部长篇小说就是厚厚的一大摞，当然只能誊写一份。哪像现在写作，对着电脑敲敲打打，稿子写成后鼠标一点，想发给谁就发给谁。

虽然与北岳出版社谈了出版意向，稿子并未交出去，于是先给了《黄河》，也向他们说明《孤岛》曾遭遇退稿，想听听他们的意见。记得负责筹备的韩石山读了，认为发表没有任何问题，非常坚定地表态《孤岛》是部好稿子，而且要发在创刊号上。北岳出版社自然是不高兴的，说刊物发了，会影响书的销量，希望直接由他们出版。

这就让我有些为难，于是找了正主持工作的西戎老师。他了解情况后当即表示，亲自出面与出版社协调，说服他们待《黄河》发表后再出版。

我是在1985年年初拿到《黄河》创刊号的，看到《孤岛》顺利发表，心里自然是高兴的。听《黄河》的朋友们说，这期刊物很受欢迎，印了数万册。北京广播电台很快在"小说连播"中播出，因为电台的覆盖面广，连榆次的许多人都听到了广播。此后不久，北岳出版社也出版了《孤岛》。以后数年又有多家出版社多次再版。我一直记得《黄河》对这部作品的支持与肯定，也一直保留着《黄河》创刊号。

《孤岛》与《新星》是同一时期的作品，创作风格不同，但联系起来解读，在某种意义上，《孤岛》是《新星》的抽象版本。《新星》所具有的基本要素、男人间的权谋较量、男女间的情感冲突，在《孤岛》中几乎一一对应。所不同的是，故事是在一个洪水包围的孤岛上发生的，《新星》所具有的种种社会性内容在这里都被抽象了。

现在回顾《孤岛》，我对自己的创作又有了一点新的认识。可以说，我是有一点"孤岛"情结的。除了发表在《黄河》创刊号上的这一部，我后来又写过两部"孤岛"小说，分别是长篇小说《嫉妒之研究》和《那个夏天你干了什么》。

在《嫉妒之研究》中，我将一群作家、记者、编辑、演员等集中到一起，在经历了种种感情纠缠和嫉妒心理的折磨后，因一场突如其来的灾难流落到一个荒无人烟的小岛上。当所有求生的尝试都告失败后，绝境中的人们对生命有了新的认识，觉得过去在嫉妒中活着，真是可笑。

《那个夏天你干了什么》则将故事放在"文革"的大背景下。一所学校建在远离大陆的孤岛上，在动乱中一位老师被学生们批判、打倒，最终用乱石砸死。然而，多年后这位老师却受到了全体学生的纪念。每年忌日，他的墓地会堆满鲜花。小说含蓄地表述了人性的复杂；表明了人是怎样在正义的口号下对他人实行着最残忍的迫害；记忆又怎样"利己"地改造着历史；人们是怎样在对历史的反思中回避着自己的责任；而"弑父"这一人类的情结又怎样在社会提供的机会中冠冕堂皇地张扬着进步的旗帜。

由西戎老师当年支持《黄河》刊登《孤岛》，还勾起许多回忆。

我从1980年开始写作后，结识了山西的许多文学前辈，如被称为"西李马胡孙"的西戎、李束为、马烽、胡正、孙谦等，我和他们都有过或多或少的接触，感觉他们都是品德高尚的人，对后辈的点滴成绩有着发自内心的欣慰并尽其所能地提携。可惜因为长期住在榆次，后来又去了北京，和他们交往不多。比较起来，西戎和胡正两位前辈因为主持工作见面多些，我至今还记得西戎老师和我谈话时的殷殷之情与满脸期待。

还特别想提的是与胡正老师的一次接触。1986年，中国作协组团访美，我是成员之一。那一年因为《新星》电视剧热播，我一时成为"名人"，每天访客不断。我不喜欢这种热闹，更担心应酬太多耽误创作，于是在墙上贴出"远方来客谈话请勿超过十分钟"，茶几玻璃板下压着字条"谈话请短"。当省作协将出访的事通知我时，我未加思索就拒绝了，觉得如此下去哪还有时间创作？一日，胡正老师亲自从太原来到榆次我家，动员我一定不要放过这个机会。他患有严重哮喘，边说话边不停地咳嗽。他的善意令人感动。我在那年如期访美，这对我来说是一次必要的经历。2000年夏天，我受邀去宁武采风，在太原停留的一天，特意拿着刚出版的书去看望胡正夫妇。天很黑，院门紧锁，我在外面大声敲门，很长时间才被听到。胡正老师的身体显然已不大硬朗。我坐了一会儿，问候过他的身体后，他仍旧关切我的创作。我说，他认真地倾听，脸上带着老顽童的笑意，一如往日的智慧与幽默。这是我们的最后一面。

时光荏苒，《黄河》创刊已经三十周年。这三十年社会发生了巨大变迁，文坛也发生了很大变化。20世纪80年代社会刚刚开放，各种思潮云涌，文学承载了许多文学以外的功能，那时的许多文学作品也获得了与文学本身并不相称的社会影响。从某种意义上说，在那个时代写作是幸福的。当下的文学已相对边缘，读小说的人越来越少。很难用"好"或"不好"来界定这种现象，这只是历史发展的一种进程。然而，对现实的批判和"真善美"的浪漫情怀永远是人类所需要的。文学作为文化的一部分仍然会存在下去。真正有价值的作品也会历经时光的淘汰一代代流传，被我们的后代所阅读。

这种情势下，文学刊物的生存显然面临着极大考验，《黄河》的坚守就尤为可贵。三十年来《黄河》发表了大量文学作品，为众多作家发表作品和文学青年的成长提供了园地，这是值得骄傲的。希望《黄河》继续坚守下去。再三十年后，出一份纪念专刊。

祝贺《黄河》创刊三十周年。

第二辑

往事悠悠

少年主编

初中毕业后，我如愿考入北京 101 中学。

担任高一语文课的女老师姓吴，中年，相貌有些特别，用那时学生们的评价，就是有点"洋气"。还记得第一次上作文课，我低头在课桌上认真地写着，忽然发现身后立着的吴老师，她显然已经不动声色地看了好一会儿。我有点不自在，又有一点得意，因为从小学起，我的作文就受到老师赏识，并且常常会被张挂在教室的墙上成为范文。

几天后，吴老师把我叫到语文教研室，问我是不是很喜欢写作文。吴老师说："学校有一份学生办的刊物，叫《圆明园文艺》，现在需要更新人手，你愿不愿意参加？"我一时没有准备。停了一会儿，吴老师又说："编辑部的工作量比较大，如果你愿意干，还要做好准备，把工作和学习的关系安排好。"

这里要说明的是，之所以叫《圆明园文艺》，是因为101中学就建在圆明园旧址上。

不久，我成了《圆明园文艺》的副主编，一年后的高二，又成为主编。

《圆明园文艺》是个橱窗式刊物，三个很大的玻璃窗，贴满学生们的作品。每两周出一期，面向全校学生征稿。稿件形式自由多样，诗歌、散文、小说、杂谈均可。各班的语文科代表就是刊物的通讯员。我们定期开会，与那些正式出版的刊物一样，征集来的稿件也要一一由编辑部审阅，讨论后再决定哪些稿子可以采用。决定采用的稿件还要挑出几篇放在重点位置推出。这样，当所有的稿件都定下来之后，编辑部将买来的漂亮稿纸分发至稿源所在班的语文科代表，由科代表安排本班书法最好的同学用钢笔字誊写出来，并请有绘画特长的同学配以精美的刊头、刊花。这样，新的刊物出来，既是美文的比赛，还是书法和艺术的展示。

当主编是我学生时代的一段经历。之前写作文，一般只会考虑自己怎样写好，但作为主编，编稿子的过程则训练了另一种眼光。在挑选和欣赏那些优秀稿件时，我常常会想，这篇稿子到底好在哪里，为什么会吸引人？同样题目如果让我来写，我会采用怎样不同的角度？

这样，边编稿子边学习，我的写作能力也在提高。

那时，每当新一期《圆明园文艺》出刊时，学校的广播站会用高音喇叭在课间多次向全校广播。在午饭和晚饭前后，玻璃橱窗前会密密麻麻地围满了学生，写作者都是相互认识的人，人们边看边议论，气氛好不热闹。我常常会和编辑部的其他同学远远站在一边看着，心里得到的满足大概与今天的正式刊物畅销时的编辑们心情相仿。

还未等到高三毕业，"文革"爆发。因为吴老师的丈夫是1957年的"右派"，受其株连，她成为学校最早一批被揪出来的"牛鬼蛇神"，屡次被批斗，被罚干最脏最苦的活儿，被剃阴阳头，受尽污辱。性格刚烈的她选择了在学校宿舍里上吊自杀。

那时《圆明园文艺》早已停刊，并被批为"毒草丛"，我也因此成了"修正主义苗子"挨了几张大字报。这在今天看来算不上事情的事情却对当年的一个中学生有一点压力。当吴老师的遗体被盖上床单从宿舍里抬出时，我远远地看着，心里有一种说不出的复杂感受。

　　成为作家之后，关于"文革"我写了《芙蓉国》《蒙昧》《那个夏天你干了什么》等五部长篇小说。那是我对这段重要历史的反思与记忆。而当年那个单纯的理想青年对"文革"的理性思考和怀疑，其发轫点之一，或许和吴老师的不幸遭遇有关。

为农民针灸

我是在城市长大的，真正接触穷苦百姓，是在 20 世纪 60—70 年代当知青的那段生活。

我插队的地方在山西绛县，县城周围是半山区，布满大大小小的村落。那时的农民整天在地里刨食，但温饱仍然成为需要奋斗的目标。

这样的生活条件，病了，只有挺着，条件好一点的家庭会买几颗镇痛片，实在难受了，吃一两颗压一压。于是，我和队里的几位知青决定自学针灸，这在当时是几乎用不着投资的技能。只需买一盒针灸针、几包药棉就可以了。我们还专程到北京找医生学习，回村后就开始演练起来。

先在自己身上练，进针的技术"高"了一点，就在同伴身上练。等到"酸胀痛麻"的感觉都找到以后，开始大着胆子给村民治病。几针扎下去，普通的头痛脑热、关节病还真治好了一些。于是，一传十，十传百，我们的针灸渐渐有了些声名。

我那时正在为村里的养猪场试验"糖化饲料"，独自住在村外的一个小房子里。邻村有个聋哑小伙儿，父母长年生病，底下还有没长大的弟弟妹妹等着吃喝，家里就他一个全劳力。听说针灸能治病，一天夜里找到我的住处，希望我为他治病。

我那时胆子再大，也不敢冒这样的险，所以很坚决地拒绝了。小伙子并不泄气，每天收工吃过夜饭，会走十多里山路到我的小房子里，后来索性背来铺盖，晚上和我睡一个土炕。

我动了心，把那时能找到的中医书和针灸书翻了个遍，还在自己身上扎针寻找经络感觉。也实在不忍心再拒绝他，遂决心试着为他治病。

开始还真有点效果，听力有了提高。在他的耳边击掌、大声喊叫，竟然有了反应。于是我们都兴奋起来。这样扎了一阵，他的进步更为明显，离开七八步、十多步远的距离击掌，他也能听到。但时间长了，效果开始减弱，以至于不再进步。

以我那时的"医术",是不可能将他的病治好的,看他早早晚晚的赶路太辛苦,就劝他不要再来。小伙子很执拗,照旧每天披星戴月地赶来,那时报上常有针灸治病的消息,他不知从哪里找到这些报纸,剪成巴掌大的小块放在身上,拿来给我打气。

我于是专门回村,让其余会针灸的知青拿我做试验。书上说,后颈的哑门穴对治聋哑有效果,但又被称为"死穴",万一进针不慎或进针过深会出人命。以我现在对医学知识的掌握和对身体的珍爱,大概不会轻易做这种试验的。但那时竟然也做了。眼一闭,同伴的针就扎下去了,然后一点点进深,直到悚然一下如触电般贯彻全身才停止。

我并没有治好小伙子的聋哑,只是稍许改善了他的听力,但我们由此成了朋友。他常会抽空看我并带来"礼物"。以他家的穷困,他能够带给我的只是几颗刚从树上摘下的红枣之类。

他每次都坚持看着我把他的"礼物"吃下去,那一脸的憨笑与满足是我至今看到的最善良的表情。

小伙子穷,而且残疾。直到我离开,他仍然很穷。

但他从不抱怨。

他渴望健康,渴望生活得好一些。他也争取,不放弃努力；但对命运，他又抱着乐观通达的态度。

虽然我离开插队的村庄已经三十多年，但是那些岁月常常出现在梦中。

对这些穷苦人的亲近和了解，成就了我作为一个作家的社会责任感和人文情怀。而作为一个普通人，每当我面对困境时想起这些人的人生与挣扎，就会觉得自己的各种所谓痛苦很有些"奢侈"。

过 年

我是 1968 年 12 月离开北京到山西插队的。

到村里不久，就赶上了农历新年，也就是中国人最重视的春节了。

农村不像城市，没有星期天和公休日，特别是农业学大寨期间，农民一年到头在地里干活，庄稼收了，还要大搞农田水利建设，除了下雨，每天都得出工。但春节不一样，劳累了一年，过年的时候得好好歇歇，"吃点好的"。那时的农村还相当穷困，常年不够吃，平日里窝头咸菜能吃饱就是好的。但老话是"穷年不穷节",再穷的日子,过节不能马虎。

一进腊月,男人们还有一搭没一搭地出着工,女人们却早早就忙开了,要拆洗被褥打扫房屋,要为全家老少每一口人都准备出新衣新裤,包括脚上的新鞋。这是一项大工程,平日里要抽空纳好鞋底,要把不能再穿的旧衣服拆洗干净,备成新袄新裤的里子。

这还不算,还要蒸馍炸糕,把正月里的主食准备出来。先要一笼笼地蒸馍,蒸好后晾掉水汽,一层层码进缸里,到时随吃随取。糕也一样,山西炸糕用的是黄米,磨成面和好后先要上笼蒸熟,再趁热揉成一团,揉好后揪成一个一个的剂子压扁,可直接炸,也可在里面放上枣泥豆沙之类。炸成金黄色时捞出,一层层压入小一点的缸中,也是随吃随取,但吃前一定得上笼蒸透,否则硬得没法吃。

杀羊宰猪是年前最热闹的时刻,杀好后队里按人头分配。平日农民的饭桌上是见不到肉的,肉领回家后要按照不同的用途分类处置。羊肉可以剁馅包饺子,还可以汆丸子;猪肉的做法就多了,村里一位公认的能人很得意地"教"过我怎样将二斤猪肉做成八个肉菜:扣肉,咕咾肉,过油肉,红烧肉……不一而足。对于当时的农村,谈论吃食,谁吃过什么,一种东西怎样吃又怎样做,都是极有吸引力的话题。

我和一些知青则被村民们纷纷拉到家里，为他们题写春联。

年就在这样的期待和准备中一天天临近了。

知青们都是第一次出远门，节前就有人被"电报"叫走。那时回京要跟队里请假，一般是家里拍个"急事速归"的电报，虽然都知道是个借口，队里也就准了。临到年根，村里的知青大多还在，我们仍像平日一样每日出工，不可能也无从像农民那样准备过年。

记得除夕那天，十几个知青还商量着晚上吃点什么，农民们早早把我们分别拉到各自的家里，说早就准备好了，一定要去家里吃年夜饭。

我去的这家有四口人，大叔大婶、未出嫁的女儿和小儿子。一进门炕桌上已摆满凉菜，有拌粉条、土豆丝、炒豆腐等，中间是刚刚点上火的火锅，灶上笼屉里热着蒸馍和炸糕。大叔说我是城里来的"大学生"，坚持把我让到炕桌的"首席"，我坐好后他方坐下，小儿子才跟着上炕，大婶和女儿一边一个侧在炕沿，并不正经吃，要忙着端菜上饭。就着烫好的酒吃了一阵凉菜，火锅沸腾起来，掀开盖子，锅底铺着白菜，依次一层层码放着炸土豆、粉条、肉块、炸豆腐、肉丸子，咕嘟咕嘟地冒着气。

这就是当地农民待客最隆重的菜式了。

我们边吃边聊，大婶问我家里有几口人，父母现在哪里。那时我的父母正准备下干校，妹妹刚在工厂上班，未成年的弟弟去了内蒙古。我据实告诉他们，一家人边听边叹，说"可怜一家人分了好几处"，又说"你们这大过年的也回不了家"。我忙解释，是我自己想留下来在村里过年的。大叔又信又不太信地点点头："既来了，就安心过，哪一方水土也养人。"我便不再说明。

除夕后半夜起，村里零零星星响起鞭炮。那时的农民还很穷，能买百响一挂的小鞭就很不错了。燃放前先将编起的炮捻解开，一个一个地点，孩子们成群结队地从这家燃到那家。大年初一，看谁家门前的炮屑多，说明谁家来年的运道好。而这炮屑，初五之前是不兴扫掉的。

由于大年三十睡得太晚，我是在初一半前晌才走到街上的。猛然眼前一亮，但见家家户户、老老少少都喜气洋洋地立在街口，每个人都一身新袄新裤，包括脚上的新鞋。这使还是平日劳动打扮的知青们很是扎眼。去家里磕头拜年被当作旧风俗早已禁止，人们就在街口互道过年好，问候的同时也用目光彼此打量，看谁家的新衣最合体，谁家的花袄最漂亮。从这儿就能看出谁家的日子过得好，谁家的女人能干。

　　我从小到大自然已过过不少年，但那个年让我感觉特别新鲜，也是我至今印象最深的"年"。那在眼前晃动的新袄新裤，那冒着热气香气袭人的火锅，都成了我对"过年"最形象的记忆。

中秋豆腐

我在农村插队的第二年，为了"发展集体经济"，和知青们开办了村里有史以来的第一个养猪场。养了猪就得有饲料，于是又开办了豆腐房。豆腐房一共三个人，一个五十来岁的李姓老汉是村里做豆腐的好把式，被我们请来做大师傅；一个马姓的中年男人脑筋灵活，负责走街串户卖豆腐；我呢，是掌柜的兼小工。所谓"掌柜的"，就是负责管账管料。那时村民们对知青很信任，觉得城里来的年轻人手脚干净，不会多吃多占。所谓"小工"，则比较辛苦，说白了，就是一切力气活儿，包括挑水、磨豆子、烧火、喂猪、打扫卫生都得干。这两样活儿自然责无旁贷地落在我这个有点文化的知青身上了。

做豆腐有好几道工序，先得把豆子泡软，然后磨成糊状，再用水兑稀，倒在用屉布做成的大漏袋里，大漏袋是吊在半空的木架子上的，一边摇着一边就把生豆浆漏在大铁锅里，漏袋里剩下的就是豆腐渣，是喂猪的好饲料。

怎样将一大锅生豆浆烧滚也是技术，要让它多滚一会儿，又不能淤锅。锅滚之后要拿起大瓢，一瓢一瓢地舀起豆浆，又瀑布一样高高倒回锅中，这便是典型的"扬汤止沸"了。这样滚了一阵以后，将煤火压住，滚够了的豆浆便冒着热气平静下来，就开始点豆腐了。

点豆腐更是一门技术，最重要的是对火候的掌握。

李老汉点豆腐时我常站在一边观看，只见他从缸中舀出一瓢酵酸的浆水，稳稳地沉入豆浆中，瓢在豆浆里转圈移动着，瓢中的酸浆水便极为均匀平稳地落到了豆浆中，他一边点一边说："要让豆浆稳一稳，豆浆性子浮的时候，点不出好豆腐。下酸浆水要下得慢，下得匀，千万不要搅动它，一搅，出豆腐就少了。这就是对火候的把握。"有时，他会把瓢递给我，让我学着干。我照他的样子从缸中舀出满满一大瓢酸浆水，将瓢稍微斜着慢慢插入豆浆中，让瓢像船一样在豆浆中转圈移动。

锅很大，几乎有两米的直径，要俯身伸长手臂拿着瓢转动。先贴着锅边转大圈，慢慢把圈转小，缓缓的三四圈，瓢转到锅中心，一瓢酸浆水在这漫长的过程中均匀地混入豆浆中。停一停看一看，豆浆还是白白的，一动没动。等豆浆停稳了，再舀起一瓢酸浆水点下去。这样点了几瓢以后，豆浆开始澥了，啤酒一样的浆水在表面出现，乳白色的豆腐脑开始往下沉淀，样子颇像一潭水中看到的白云倒影。

这就到了点豆腐最奥妙的时刻，要让豆腐脑静静地沉淀下去。

李老汉说："人心稳，豆腐才稳。"

终于，豆腐脑在锅底停稳了，啤酒一样的黄色浆水也在上面停稳了，李老汉又一瓢一瓢将浆水舀到另一个水缸里，留着第二天喂猪。我拿过一个篦子来，铺上屉布，将豆腐脑一瓢一瓢舀进去。篦子架在空水缸上面，豆腐脑里的水哗哗哗地渗落到水缸里。舀满了，将屉布对角一包，用力一勒，里边的水分就有力地透过屉布哗哗哗地流入缸中，然后展开屉布，再一次对角勒紧，里边的水又一阵哗哗哗地渗漏出来。勒上几勒，豆腐脑就变成嫩豆腐了。这时将屉布再一次勒紧包好，在上面压上一个圆木盖，在木盖上压上两块大石头，听见屉布包里的水又哗哗地往外流着，等猛劲儿过去了，就变成淅淅沥沥的小雨了。直到这时，这锅豆腐才算点完了。一晚上过去，第二天清晨将豆腐包打开，就成了圆圆厚厚的一大块豆腐了。

记得豆腐房开办后的第一个节日是中秋节，生产队长一声令下，按人头每人分一斤豆腐。几十年前的农村还很穷，平日里饭都吃不大饱，分豆腐可是大事。为显示"隆重"，由队长亲自掌秤，会计在一边登记，家家户户拿着盆盆碗碗前来排队，一边夸知青"能干"，一边议论着分回去的豆腐或炸或炖或炒该怎样吃，一派喜气洋洋。

几十年过去了，现在我有时还会想起那年中秋分豆腐的情景。当时的我，面对着那个热闹的场面，或许还有些"为民造福"的感觉呢。

我至今喜欢吃豆腐。

与狼共舞

我插队时曾一度被抽调到邻近的大队搞宣传。《新星》中的凤凰岭就是这个大队的风貌：十几个小队，三十多个自然村，散落在二十里川谷两边的几十个山头上。最远的小队之间相距二十多里山路，像满天星，非常分散。

我是宣传队年轻的成员，到远处村庄执行任务自然而然落到我身上。

那时常常白天到地里干完农活，饭后再开个碰头会，我就起身赶往相距十几里的小村子。当地农民一般情况下是不赶夜路的，除非特别紧急的事，也得吆集三五个人才敢动身。那一带山区有狼出没，又没有通电，山路高高低低，长满蒿草。知道我要走夜路，人们纷纷劝阻，说万一碰到狼，逃都来不及。我正值年轻气盛，将"野蛮其体魄"当成自觉的锻炼，当然听不进这些让人气短的话。再说，也没亲眼见谁真被狼咬伤过。见实在拗不过我，老乡就塞给我一把铁锹，说狼在夜里扑人，都从高处来。锹把扛在身上，可做防身之用。

那时的我一是胆大，另外还心存侥幸，哪儿就轮得上我呢？还真是，这样扛着铁锹走了十几回夜路，一回狼也没碰到，心里自然放松下来。

结果这天夜里，真碰到一条狼。借着月光，远远地在路中央蹲伏着。我没有精神准备，冷不防吓了一跳。停住脚步定睛看去，是条老狼，正悄悄坐在那里打量我。二十多年后，我在《东方的故事》中将这段经历写给了女主人公田秀秀：

"这是一条有足够经验的老狼，它知道面前的人是有战斗力的还是没战斗力的，是胆小的还是胆大的，是恐惧的还是无畏的，是准备勇敢搏斗的还是打算怯懦逃跑的。现在，她绝不能表现自己的紧张，表现自己的恐惧。她必须调动出自己天不怕地不怕的勇敢，调动出自己的愤怒，调动出自己的凛然气势。

"田秀秀平端着铁锹，一步一步朝狼走去，像一头准备厮杀的猛兽。狼很残忍也很镇定，一动不动和她对视着，双方的目光在寒冷的黎明中顶住。狼要把它的目光射到她的眼睛里，她要把她的目光直逼到对方的眼睛里。就这样，她一步一步缓慢而有力地朝前推进着。

"这是一个互相威胁的阵势，离狼越来越近，当寒光闪闪的铁锹头近到可以一个突刺就戳到狼的时候，田秀秀发现了狼身体的一点动作，也看到了它眼睛中的一点躲闪。她依然不停止，只是放慢一点速度继续逼近对方。狼从蹲伏中站起来，在宽宽的土路上迂回着绕了一个圈，在稍微远一点的路边又蹲下来。

"田秀秀想了想，还是端着铁锹，转过四十五度朝狼前进。狼又后退了两步，闪到路外边的水渠旁，再一次蹲伏住。田秀秀把锹把横过来，锹头指向狼蹲伏的路边。走过一段距离，回头看见狼又在后面溜溜达达跟了上来。田秀秀走了两步，突然猛一回转身，把铁锹冲着一直跟踪的狼大喊着冲过去。

"狼后退着，一边后退一边回头看着。最后，半仓皇半从容地逃跑了。"

这基本上是我的真实经历。

那天夜晚，余下的山路我几乎是在一刻不停地小跑中走完的。

想想有些后怕。

以后，我再没有一个人走过这么偏远的夜路。

然而，与狼的这次短兵相接，成为我对生活的一次体验，并且多年后进入了我的小说。

我和二妮

作为作家，我交往的人可说是三教九流，五花八门。这里提到的二妮是几十年前邂逅的一个农村女孩。

1971年年初，我在农村插队三年了，因目睹当时农民的贫困现状，不再满足于村里的日常劳动，想做更广泛的社会调查。于是常常一个人背着书包，里面装着最简单的衣物和笔记本到处走访。

这天中午，我独自走在山路上，准备到山顶的小村里落脚。走着走着，后面小路上连蹦带跳跟上来一个背书包的女孩，十一二岁的样子，圆圆的小脸被山风吹得红扑扑的。小姑娘对于我这个学生样的年轻人并不怯生，反而主动搭话，告诉我她叫二妮，上午是去对面的大村里上小学。还说她今年正上四年级，村里就她一个孩子上学。我问："你们村有几户人家？"二妮想了一下，伸出四个手指头。

我与二妮边走边聊，虽然干了几年农活，可走起山路还是没有小姑娘利索。二妮走一阵就得停下来等等我，遇到陡坡时还会伸出小手拉我一把。

走了好一阵，终于到了山顶。所谓的村庄就是在山顶一块低凹处削出一段向南的土崖，土崖上掏了十来孔窑洞，其中一孔窑洞当库房，一孔窑洞喂着两头牛。还有一眼水井，井深四十丈。我当时吃了一惊。我插队的村子也算山区，但最深的井也才十多丈，就那绞一桶水也得一袋烟工夫，这井四十多丈深，一桶水得绞多长时间？

二妮的父亲年纪应该不到四十，头发却已花白稀疏，黑红的长圆脸表情十分敦厚。他最初把我看成上边来调查情况的干部，特意收拾出一孔窑洞让我住，后来我告诉他自己不过是个普通知青。

白天我和村民一起到地里干活，吃过夜饭就和男人们坐在炕上聊天。

我提些问题，大伙儿就你一句我一句说着，我趴在小炕桌上就着煤油灯简单记录。这时，二妮就会坐在一边看着一圈人说话，还不时爬近一点贴在我身后，羡慕地看我在本上飞快地写字。我有时扭头看她一眼，冲她逗乐地笑笑，她也开心地露出浅笑，仍旧目不转睛地看着我记录。

聊到下半夜，男人们下炕的下炕，站起来的站起来，各自回家睡了。

这天夜里，我正在炕上对着煤油灯做笔记，忽然听到外面有杂乱的脚步声。不知哪里走漏了风声，大队听说村里来了陌生人，于是派民兵过来寻查。听见二妮的父亲说，人早就走了，只在这儿吃过两顿饭，什么也没做。

来人便不再怀疑，只嘱咐道："一定要提高阶级警惕。"也就匆匆走了。

在当年的政治背景下，我担心再待下去会给二妮一家惹麻烦，于是收拾好东西跟二妮的父亲告别。

二妮早穿好了衣服站在院子里，听说我要走，紧紧抓住父亲的胳膊仰头看着父亲，二妮的父亲犹豫了一会儿，说："也好，趁着天黑下山，反而少麻烦。"

说着，他又进到屋里，拿起几块干粮塞进我的挎包，又拍了拍二妮，说："送你大哥到路口。"我说："不行，她这么小，一个人回来太危险。"二妮的父亲说："我眼睛夜里不好使，让她送你一段，她跑得比兔子还快呢，不怕，这块儿山上没狼。"

于是，二妮拉上我的手沿着与来人相反的路加快步子跑起来。没多会儿就到了一个高处，往下一条路清清楚楚。我说："二妮，我走了，谢谢你。"二妮有点恋恋不舍地冲我摆摆手，我略蹲下身，问道："二妮，你叫什么名字?"二妮说："我叫张二妮。"我问："大名呢?"二妮说："这就是大名。"我说："那你为什么不叫大妮，你上边还有哥哥姐姐吗?"二妮摇了摇头，说："我有过一个哥哥一个姐姐，我小时候他们饿死了。"我沉默了一会儿，轻轻拍了拍二妮的脸颊，说："以后如果有机会，我一定回来看你。"

我背好挎包沿着下山的路快速下着，脚底下不时踏滚着石子，跑了好长一段路，回头一看，山顶上还有二妮的小小身影。我冲她招了招手，那个小小的身影也举起手挥动着。我知道，只有跑出她的视野，她才会回去。

几十年过去了，我再也没有回过那个小村庄，也再没有见过二妮。虽然只有短短的两三天，但当年她看我坐在炕上写笔记时憧憬的神情和背着小书包走在山路上蹦蹦跳跳的样子却很清晰地留在了心里。按年龄算，现在二妮恐怕儿女都已成年，不知她的儿女们是否走出了大山，是否读了书有了工作。

　　作为对那段生活的纪念，当我成为作家以后，二妮和当年的许多故事都进入了我的长篇小说《芙蓉国》。

　　希望二妮和她的孩子们活得幸福。

火车趣事

我少年离京，在山西生活了二十多年，其间无数次往返于两地。那个时代的交通远没有现在发达，远行的选择基本上只有一种，就是坐火车。

和现在一样，火车分快车、慢车和卧铺，空调车是没有的。慢车便宜，卧铺翻倍，对于挣工分的知青来说，坐什么车是要算算账的。

车价是考虑因素，还要想车与车在时间上的衔接，下了这趟车，怎样倒下一趟车。那时回一趟家，父母们知道孩子在山里的日子不好过，于是想方设法多带东西，点心、食油，甚至红烧肉、炸酱、大米，凡家里有的都尽可能带上。北京那时的许多物品虽然也凭票供应，终究是首都，比之偏远的农村，已称得上天堂。一个知青回家，承载着多个知青对亲情的期待和渴望。所以每次从北京回来，都是大包小包。

那时的火车站也像现在一样，车一到站，站台停着大大小小的货车，卖各地的土特产，也卖烧饼、面包一类。逢到秋季，还可买到沙果、白梨、柿子。当然，买东西的都是些有收入的人，知青们往往离家时就带好了一路上的口粮，也都不错，父母在那一刻总将家中最好吃的东西给孩子带上。

那是一个夏天，我从北京回山西，火车路过石家庄时要停十分钟。人们利用这段时间下车或散步或买东西。我对面的一个工人模样的中年男人也下了车，一会儿就上来了，兴冲冲捧着一个大大的油渍纸包。车开时，他将纸包打开，是一只烧鸡。我们一路上聊天，已经有点熟了，他客气了几句，我自然推辞，于是他开始闷着头吃鸡。

别人吃东西，不要盯着看，这是起码的礼貌。但他坐在对面，我的目光无论怎样都闪避不开，再不注意余光还是可以扫到他的吃相。

他显然饿了，只见他先将鸡头揪下，仔细地一点点撕开放进嘴里，再将骨头一一吐出。鸡头吃完了，又吃鸡脖，依次再吃翅膀和鸡爪。等鸡爪吃完时，吐出的骨头已成一个小堆了。让我奇怪的是，他并不将那些骨头另放一边，而是随意堆在还没有吃过的鸡身旁边，让人看着很不舒服。接下来，他又将两条鸡大腿撕下，大口大口地吃起来。直到把鸡大腿吃完，他才长长地出了一口气，像打了一场仗一样，放松下来。

停了一会儿，男人仔细打量着眼前已经光秃秃的鸡身子，很满意的样子。然后把鸡骨头和根本未动的鸡身子往一块儿凑了凑。我当时想，这人真有点怪，即使想把鸡骨头带回家，也可另拿纸包装啊。只见他又用两根手指将鸡身子翻过来仔细看了看，点点头，然后将衬在下边的纸四角一拎，再紧紧一团，将鸡身、鸡骨揉成很大的一个包，然后打开车窗，一只手将纸包往外一推，一眨眼的工夫，把剩下的鸡连同骨头全部扔掉了。

我顿时有些目瞪口呆。在那个物资匮乏的年代，鸡可是绝对的美味呀。

男人把车窗关上后，又从包里翻出一块已经发黑的毛巾擦了擦手，然后点燃一支烟，美美地吸了起来。

这时天已大黑，晃晃荡荡的车厢里人们昏昏欲睡。我忍了又忍，还是止不住问："那只鸡你光吃了翅膀和大腿，为什么就全扔了呢?"

男人不以为然地嘿嘿一笑,眯上眼说:"鸡头、鸡脖子、鸡翅膀、鸡大腿,包括鸡爪子,都是活物。我吃鸡从来只吃活动的部分。剩下的地方没有吃头,当然要扔掉。"

这真是个意想不到的答案。几十年过去了,鸡已经成为普通餐桌的食品。但这件事一直印象很深,我想起来还会发笑。

我的第一篇小说

1980 年，正是大批知青上大学的年代。我并不想上大学，却想到了写小说。

我的父亲"文革"前在建工部工作，算得上中国的概预算专家。"文革"期间下放干校，再分配就到了山西省轻工局。父亲到太原后一边做具体的图纸设计，同时还和朋友合写了一本《工业与民用建筑工程概算编制手册》。这本书在"文革"后出版，辞典一样的厚度，是非常专业化的书籍，不搞这行的人是不可能感兴趣的，但问世后很受欢迎，一再加印，有好几年成为王府井书店的畅销书。

我那些年在榆次当工人，离太原几十公里，坐公共汽车一小时车程。周末常会回家看望父母，也听父亲聊聊工作上的事。父亲是个单纯的知识分子，不善社交，但若聊到自己的专业领域，谈锋之健，谈兴之浓，可用"滔滔不绝"形容。

建设一个项目，从立项到设计到施工，很重要的环节是概预算（概算与预算）。一个工程需要多少钱，大到厂房的材料，小到一颗螺丝钉，事先都要详细计算价钱，这就是概预算。

那几年父亲经手审核的项目常常预算超标，有些项目初始预算一千万元，等到地基打好，开始起楼的时候，建设方就要求追加预算，这时，上级单位要派专家下去审核。父亲在建筑上的概预算眼光专业到什么程度呢？不夸张地说，只要他在工地上站一站，到处走走，多看上几眼，就可大致估算出这个项目的基本造价。

这也是一种博弈。建设方要拼命提高造价，追加投资，作为监督方的专家要在审查时挤出水分，对虚报的资金项目予以剔除。

父亲在工作上严谨认真，常用的口头语是"硬碰硬"。但这种作风显然少不了碰钉子，所以常为此烦恼，感叹自己不懂"关系学"，容易得罪人。经他审核的项目有时一"砍"就是几百万，甚至上千万。我回到家里，父亲会如遇知音般讲出他的故事，如哪一项工程造假，被他审查；哪一项工程有猫腻，被他发现。

这就成为了我第一篇小说的素材。

《三千万》写的是一个未竣工的维尼纶厂，从最初的总概算五千万，十年来一而再，再而三地因为超支而追加投资，已经花了一亿五千万元。这个"胡子工程"又提出要再花三千万来扫尾竣工，于是，建工局长丁猛带着预算专家钱工亲临现场，排除干扰，将三千万砍成一千五百万。

小说写好后直接寄给了《人民文学》，大约一个月后收到回信，因为是下班时收到的，未来得及拆封。记得那天晚上厂里要放电影，回家匆匆吃过晚饭，拿着凳子到空场上占座，先到的位置会稍好一些。二十多年前的榆次小城文化生活极少，看电影算得上是一种享受了，但也就是找一片空地，前面拉一块大白布，人们各拿板凳找地方坐下，单等天黑下来开演。

信是等待电影开场时拆开的。之所以未及时拆信，还有一个原因：稿子的命运如何，在我很有悬念。黄昏下将信撕开，是一个叫王青风的编辑写的。他从大量来稿中发现了这篇稿子，认为有新意，但存在若干不足，希望做些修改。这封信使那时尚年轻的我有些激动，我至今很感念王青风。

接下来自然是在单位请假去北京改稿。

《三千万》在《人民文学》发表后，获当年全国优秀短篇小说一等奖。那时也曾有人猜测，能在顶级刊物发表处女作，一定通过了某种关系。其实我在此前并不认识《人民文学》的任何一个人。我只能说，自己遇到了非常敬业的编辑。

这篇小说的发表，使柯云路走上了文学路。

登高一望的好风景

二十多年前，我在山西参加过一次笔会，其间自然少不了去风景地采风。

正值深秋，临行前突然变天，又阴又冷。很多人衣着单薄，一路上冻得脸色发青。加之一连转了好几处，到达应县木塔的时候，已然天近黄昏。

这一刻大部分人都可用"人困马乏"形容，勉勉强强下得车来，不少人说，就这样站着看看吧，不进去了。

我也在进退之间。此前已看过不少塔，不看也罢。但转念一想，又觉得几百里跋涉，到了跟前，再不进去未免可惜。这样犹豫着，身子已经蹭进了塔楼。黄昏的自然光很暗，里面黑洞洞的。二十多年前的人们远没有现在的旅游意识，各级政府对文物也缺乏必要的保护。木塔就在一片平地上孤零零地立着，任由人们进进出出。

应县木塔是一座九层木塔，塔身很高，环绕的木梯狭窄陡峭，参观了一天，我已经累了，爬楼梯时膝盖就有些吃力。当上到第五层时，我停下来朝四周看看，游人不多，每一层都空荡荡的，没有我期待中的辉煌。这样想着，觉得无非如此，没必要再往上走了，不如就此折转身下去。突然，塔窗吹进一阵山风，寒凉凛冽，木塔上一层层檐角下的小铜钟叮叮当当地响了起来，那悠悠的钟声让我心中悚然一动，于是不再犹豫，很快就爬到塔顶。

站到最高处的塔外转圈扶栏前远眺，这才领略到登高一望的好处。远处起伏的群山被夕阳镀上金边，暮霭正降下一层一层的薄纱，梦幻般笼罩着远远近近的山川大地。

层峦起伏的群峰交叠着渐渐近来，变为一些黄土丘陵，再近来，变成一些黄土崖直落而下，化为一片川地。县城及木塔就在这片川地中，四面环绕着河滩与村落。

这时，远远传来一声火车的长鸣，给这古老的山川大地画上现代色彩的一笔。

我被这苍莽的景色所震撼。

这时，我突发奇想，如果这座木塔并不像现在这样空空荡荡，而是陈列着人类自古而今各个阶段的历史文物，该是怎样一种景象？

而当我在昏暗中拾级而下时，似乎已看到了那里丰富的陈列。

不久之后我开始写作《新星》，年轻的县委书记李向南就是在这座木塔中下定了变革现状的决心。

如果没有这次攀登，就可能没有《新星》起笔时的灵感。

人的一生总在跋涉，每一次跋涉都是探索，而任何探索都是一个小小的终极。越接近终极，也就越接近真理。这时，对你的最大考验就在于你能否坚持。

我常想，生活中常会有一些表面看来平淡无奇的事情，这时，千万不要随随便便停下探索的脚步，再坚持一下，你会有发现，而且可能是很重要的发现。

大　黄

　　大黄是一条农村常见的土狗，长长的鼻子，体态高大，除了肚皮是白的，毛茸茸的尾巴尖上一点白色，周身覆盖着亮滑的黄色，因此取名"大黄"。

　　我当作家以后，仍然长期住在榆次锦纶厂。我习惯上午和晚上写作，午睡后通常会和妻子出门散步。从厂区宿舍向东是条土路，种满庄稼。沿土路走约半小时，就到了一个高高的土崖。夏天崖边开满各色野花，秋天则长满酸枣、蒿草，下面的沟里芦花飘荡，是我喜欢的景色。

　　由于挨着工厂，路边的农田开始有了农家，大黄就是这家人家的看家狗。大黄很尽责，每见有人走过，就警惕地吠叫。一个女人会出来将大黄喝住。这时，我们就停下来和女人聊聊天，问问地里的收成，家中的情况。一来二去，看到我们和主人熟了，大黄不再吠叫，有时还会遛遛达达跟在身后陪我们走上一截。

　　别看大黄样子威猛，但性情温驯，跑起来时毛蓬蓬的尾巴向上竖起，像摇摇摆摆的旗帜，一闪一闪的白尾巴尖尤其招人喜爱。再散步时，我们会给它带些吃的。那些年人们还不讲究吃棒骨，几毛钱一斤。我们煮熟后将肉剔掉，骨头就是大黄的美食。

　　大黄是个聪明的家伙，很快掌握了我们的行动规律。每天下午，它会老老实实趴在柴房顶，一副懒洋洋的样子。只要我们走近，哪怕还差着几十米的距离，大黄就会一跃而下冲过来，一边小声哼哼着，一边不停地摇着尾巴。

　　我们并不停下脚步，而是继续往前走，大黄也不着急，不紧不慢跟在后面。有时也会快走几步，回过身来在前面等着。

　　这样遛上二里多地，上到离土崖不远的高坡。等我们在废弃的水渠边坐下，大黄会立刻凑过来坐在跟前，眼巴巴地看着。我们有时会故意逗逗它，然后打开纸包（那年头还不时兴

126

塑料袋），拿出骨头一块块丢给它。大黄吃骨头叫我领教了狗牙的厉害，无论多么粗大的棒骨，大黄叼在嘴里，三下两下，只听得喊里咔嚓，瞬间就化为细渣。

每天喂大黄，成为散步中的一个节目。大黄吃得很享受，我们喂得也很享受。

大黄吃完了，我和妻子还会在渠边坐一会儿，然后起身朝远处走。当我们坐着说话时，大黄会很安静地卧在一边；当我们起身时，大黄就会摇着尾巴跑前跑后。但大黄从不跑远，每当我们下到沟底或者走得更远时，它会停下来站在崖边看着，不再往前跟。等我们返回时，它还会等在那里，再一路跟我们到它家的小院。

那年春天我回北京开会，又随作家代表团去美国一个月，前前后后走了两个月的光景。再回来时已是夏天。我和妻子照例在午后散步，一路上还议论着，两个月不见，不知大黄是否还记得我们？

离柴房还有七八十米时，突然听得一声响亮的犬吠，只见大黄从柴房顶腾空跃下，瞬间冲到跟前，摇着尾巴汪汪地叫个不停，显然十分兴奋。我们忙打开纸包，想喂它吃食，大黄并不响应，径步向前走着，走几步就停下来，回过头小声叫着，并用鼻子示意我们跟上。这样走了一段，大黄突然拐弯，带我们进了主人家的小院。我们好奇地跟上,大黄又将我们带进一个简陋的小屋。靠墙一个大纸箱,里面卧着四只还未满月的小狗。小狗肉团团的,煞是可爱。好个仁义的大黄,竟带着我们来看它的孩子。女人闻声跟进来,边笑边拍手:"哎呀呀,新鲜事!大黄从不让生人看它的娃,这是头一次领人进来。"

次年春天我又一次回京,再回来时遛上那条小路,出乎意料的,大黄并没有在那里等候。寻到那户人家,女人正在洗衣服,说大黄误吃了田里的农药,和它的几个娃娃在半个月前都被药死了。

我和妻子相对无言。之后我们仍然每天散步,常常会想起大黄。没有了大黄相伴,那条小路少了许多乐趣。

意外的汇款单

十多年前的一个早晨，还未起床，隐隐听到敲门声。是很小心的那种，敲敲停停，过一会儿再敲。我有些不高兴。长年写作，睡眠对我是件重要的事情。每天晚上我会写作到很晚，相应的，早晨起床也较常人晚些。

我穿好衣服开门，门外站着一个陌生的年轻人，衣服有些邋遢，头发乱蓬蓬地向上竖起，胡子拉碴的，一定好几日没刮过了。

问清楚了确是找我，于是让他进屋。来人坐下后一时有些局促，我为他倒了水，然后开始说话。

几问之下，知道他来自呼和浩特，高中毕业不久就找了工作，但哪个工作都干不长，觉得意思不大。

我问："你想干点什么？"

他说，想当作家。

他说早就看过我的小说，特别喜欢。觉得能像我一样当个作家也算不白活一场。几次下决心，终于瞒着家人到了北京，辗转几天，找到出版过我的作品的几个出版社，又找到责编，死磨硬缠才得到了我的地址。

我有些感动。

小伙子说，他这几年一直在学习写作，也试着写了几篇，说着从包里抽出不厚的几十页稿纸递过来。字写得不算好，但看得出来用了心。再看内容，句子顺畅，但离可以发表的水平还差得远。

于是我问，这趟出来，父母可知道？他摇头。

又问家里状况，他说并不好。父母有病，干不了重活。他这几年断断续续的工作，都是打零工一类，工资不高又不稳定，生活只能说勉强过得去。

对于这样的年轻人，我从内心是同情的。他们心中有梦想，渴望改变命运，渴望活出一点不同一般的意义来。但这些梦想往往不切实际，与他们的现实能力有大差距。常常苦苦追求多年，耗心耗力，结果反而比一般人过得不好。

我对他说，文学可以作为一个爱好长期坚持，比如写写日记，写写感想，也可以编故事、写小说，但首先要生活好，经济独立，如果再能帮助父母，不是更好？

我希望他回去后先找一份稳定的工作，把工作干好，再说别的。

我们聊了大约两小时，小伙子听明白了我的意思，于是起身告别。我从书架抽出两本自己的书签上名送他，然后一起去公交车站。快到车站时，小伙子突然站住了，嘴唇哆嗦着想说什么，我问："还有事吗？"

小伙子说："来的时候是带足了路费的，但前两天不小心钱被人偷了。现在身上只剩几块钱，不够回家的车费了。"

我立刻掏出二百元递给他，让他除了车费再买点吃的。小伙子涨红了脸将钱接过，又将其中的一百元还给我，说一百元足够回家了，用不了那么多。见他执意不要，我不再勉强。小伙子临上车时再一次涨红了脸，说："柯老师，等我回家挣了钱，一定会还你。"

我笑笑，冲他摆摆手，意思是不必放在心上。

这件事很快就被我抛之脑后。

　　三年后的一天，突然接到一张由内蒙古寄来的一百元汇款单，没有具名，只说"谢谢，我一切都好"。我一时有些迷惑，其时并没有与汇款地的任何人发生过联系，猛然间想起曾经来访的那个年轻人，想起他临别时认真的表情："等我回家挣了钱，一定会还你。"

　　那么，就是他了。小伙子真的没有忘记自己的承诺，并以如此温暖的方式唤醒了我的记忆。

摘苹果

　　朋友的亲戚是农民，在京郊承包了一片不小的果园。

　　秋天，他邀我一起摘苹果，说这个果园跟别处不一样，不施化肥，苹果是有机的。十月的早晨，我和朋友一起去乡下，到达时果园的路边已停满了前来采摘的车辆。果园果然很大，树上缀满了果实，最贴切的形容词是"又圆又大"。低处的果子举手可得，高一些的则要架着梯子，有人在上面摘，有人在下面接。待手里的果篮装满了，再一个个捡拾到果园通道上长方形的塑料大筐里，由力气大的年轻人用小推车推至前面的空地上，那里的女人们会按不同类别装箱。

一直以为种苹果是技术活儿，哪知体力的付出一点也不比种庄稼少。

除了通常的施肥、浇水、除虫，春天开花时要将多余的花一朵朵掐掉，干这个活儿要特别小心，留下的花朵既不能太密，也不能太稀。密了果子长不大，稀了则影响产量。等到花朵结出果实了，还得一个个套上纸袋。我望着这一大片果园里上上下下密密实实的苹果，觉出了这个劳动的繁重。摘果子尚且不易，何况套袋。这还不算，待果子长到了一定大小，还要把纸袋一个个剥开取下，让苹果得到充分日晒。在这个阶段地上要铺以银白色的反光薄膜，使苹果的阴面也能得到反射的日光。苹果一天天成熟，鸟就成为一患，人得终日守在果园，时不时地放放炮开开喇叭，惊吓那些馋嘴的鸟。"鸟可机灵了，专挑个儿大甜的吃。被鸟啄过，哪怕是一口，果子就不能要了。"

中国人小时候学的第一首古诗是："锄禾日当午，汗滴禾下土；谁知盘中餐，粒粒皆辛苦。"我当过农民，早已体验过种庄稼的不易，但一个苹果从开花、结果到采摘竟也要付出这么多劳动，则是第一次听闻。

用主人的话说，我算"贵客"，于是，热情的主人一直陪在身边，一边不停地劝我歇一歇喝口水，同时示范着叮嘱，摘的时候手攥住苹果千万不要直着往下拽，而要侧着使一下力，为的是保证将苹果的"把儿"留在果子上。

我问为什么一定得留着"把儿"？

主人说没有"把儿"的苹果不易保存。有时苹果收下来，要在库房里存放两三个月，没有"把儿"的地方容易烂掉。又说"把儿"太长也不行，比如还带着残枝的苹果，如果不将残枝剪掉，装箱时不小心会戳破别的果子，自然也会引起腐烂。

苹果摘下来了，接着是装箱。那些品相好看、一个就有六七两甚至更大些的苹果被定为"特级"，半斤左右的被定为一级，四两左右的被定为二级，不足四两的定为三级。在对级别的判断上，要就低不就高。比如重量在一、二级之间的，宁肯归入二级。主人说，这是为了让买家高兴，谁花了钱都不愿意吃亏。装箱时除了分级，每个苹果都要仔细地转圈观察一下，看是否有破损，比如掉了"把儿"的，采摘过程中有磕碰的，哪怕是一点点伤，一定得剔出来，因为"一个烂苹果就可能坏了一箱"。我问，那些个儿小或有磕碰的苹果怎么办？主人说，趁着新鲜，有罐头厂和果汁厂会来收购，三五毛一斤就全拉走了，也剩不下。

我说，逢年过节，城里不少人会买成箱的水果，但有时会碰到这样的情况，上面个儿大很漂亮，越到下面果子越小。主人不屑地一笑，说哄人只能一时，你这回哄了人家，下回就不去你那里买了。我卖苹果，箱子最上面一层和最下面一层一样一样的。几十个箱子几百个箱子，里面的质量也是一样一样的。说起他的果园，主人颇为自豪，园子里的苹果年年都能卖光，早早就有政府部门和公司预订，"来我这儿的大部分是回头客，全凭的是口碑。去年吃得高兴了，今年早早就打来电话，一要就是上百箱。他们还会介绍别的客户，来买苹果的越来越多。只要你的果子好，心又诚，不愁卖。"

离开时，主人选了两箱最好的苹果放到车上，执意不肯收钱。

我很坚持，争执的结果是他将钱收下，但让人从果园里拔了一堆萝卜、白菜、大葱装上车，然后笑眯眯地看着我们离开。看着越来越远去的果园，朋友半调侃半认真地问："作家，今天有什么特别的观察和收获？诸如京郊的风土人情、农村体制、生态环境、绿色产业之类。"我笑朋友万事"意义化"，我今天就是来"摘苹果"。

我的第一篇作文

　　成为作家以后，常被问到一个问题："你是怎样成为一名作家的?"

　　是啊，一个人从事某种职业绝不是偶然的，除了他的天赋，一定是和他的成长环境分不开的。

　　客观地说，我的家庭并没有给我提供成为作家的环境。我的父亲是知识分子，他的同辈亲戚中虽然大多也是知识分子，但他们从事的几乎都是技术性工作，比如高级工程师一类。父亲受过高等教育，至今还能讲一口标准的英文，新中国成立后曾参与过国家对工程概预算的制定。当年他到下面检查工作，站在一栋楼前，可以一目了然地说出这个楼的造价，有时详细到一颗螺丝钉是多少钱都一清二楚。但父亲的精明仅限于他的专业领域，在社会学方面，我经常开他的玩笑，认为他"很天真"。我的母亲生长在农村，后来能读书看报全赖于解放后的成人扫盲班。

这样的家庭背景似乎和我爱好文学并成为作家毫不沾边。我也真的成为整个家族的另类。到现在为止，我是家族中唯一以写作为生的人。

我是五岁开始上学的。那时父亲在南京工作，为了不让我在家中淘气，提前把我送进了学校。在南京上了半年多小学，父亲又调回上海，但上海那时开始执行新的政策，孩子必须年满七岁才能入学。我的小学"生涯"也自然被迫中断。再上学的时候已满七岁，而且还得从一年级上起。上完一年级，父亲又调到北京。我自然跟到北京上学。在北京因搬家又转了两次学。三年级一开学，我转入百万庄的建工部子弟小学，直到毕业。对小学生活的记忆几乎都在这个学校，我也一直把它当成我的母校。

在这里，我遇到了一位可以称得上"启蒙"的小学老师。

到了新的学校后才知道，同年级的同学们已经上了半年作

138

文课，而我，还不知道作文是怎么一回事。一天课后，老师把我单独留下来。老师先问："你学过造句吗？"我点头："学过。"老师说："那现在老师要考考你，看你造句造得好不好。"我有点紧张，也有一点兴奋，因为我知道自己很会"造句"。老师说："就造'因为……所以'吧，老师先造一句。"又说道，"因为我是人民教师，所以我有责任带好全班的孩子。"我马上说："因为我是小学生，所以一定要好好学习。"老师很高兴，说我用词准确，反应快。接下来她又出了一道题：造句"虽然……但是"。我想了一会儿，说："虽然我没有写过作文，但是我有信心学好这门课。"老师一下子笑了，连夸我"很聪明"，说我一定能写出好作文。接下来她领我走到校园，指着天上的云，问我想用什么样的句子形容，我看了一会儿，说云彩很白，像棉花。她说对。又问，云还像什么？我说像堆在天上的雪堆。她又指天空问蓝天像什么？我说像透明的大玻璃。

老师接着就讲到作文。老师说，造句是将一个或两个词用在一句话中，用这句话说明一个意思。而作文呢，也并不难，就是将很多有意思的句子组合在一起，来说明一个有中心意思的故事。那天老师指着校园里的花草树木跟我说了很多话，我也大着胆子把我看到的东西一一"形容"了一番。老师高兴，我更高兴。

第二天，我上了平生的第一堂作文课，作文题是"一件好事"。

我写了发生在身边的一件事，学校组织同学们看电影，散场时一个同学捡到了一块手表，手表在那个年代是相当贵重的东西。同学先是把手表交给了老师，又由老师交给电影院的失物招领处。过了几天，手表回到了主人手里，手表的主人还专门给学校写了感谢信。我就把这件事一五一十地写了出来。

又一周的作文课上，老师点到了我的名字，让我在全班同学面前朗读自己的作文。这是我的第一篇作文。它不仅得到了老师的夸奖，而且作为范文张挂在学校的走廊里，整整挂了一个学期。

老师的鼓励培养了我对写作的兴趣，也培养了我对写作的自信。自此我喜欢上了作文。而我的作文不仅在小学，后来到中学，也经常成为学校里的范文。

现在想来，我后来能成为作家，当然有多方面的原因。

但追本溯源，大概和小学的第一堂作文课有关。

多年后，我在长篇小说《蒙昧》中写了一个女教师的故事，其中一些地方多少融会了我对这位小学老师的感念。

"那天，阳光带着闷热的湿气照进小学二年级的教室，还算明亮的讲台上又出现了白兰老师，她穿着白衬衫蓝裤子，干净明亮地站在黑板前。那个时代那个年龄的男孩远不懂得如何评价女性的相貌，他只知道这个二十来岁的女老师很漂亮，她的脸十分白净，大眼睛十分明亮，当她站在讲台后面讲语文算术时，声音也十分清爽。刚刚迈进学校的小男孩小女孩都仰着小脸用近乎崇敬的目光看着干净明亮的女老师在高高的讲台上发布声音……"

　　我后来才知道，这位老师曾经是一名部队文工团员，转业后当了小学老师。老师姓王，短发，很精神。而她的丈夫，据说是当时很有名气的一位作家呢！

我的第一份工作

　　我是 1968 年 12 月去山西农村插队的，那时的口号是"接受贫下中农再教育"。"文革"结束后，按照相关规定，下乡就成了我的第一份工作。

　　20 世纪 60 年代中国很穷，学生下乡的行李非常简单，除了必备的衣物，我箱子里带得最多的是书籍。那是我的一份"财产"，是高中以来从父母每月给的生活费中节省下来一本一本买来收藏的。因为装了书，我的箱子很沉，到县里接知青的农民在搬运时不解地议论："装了甚了，这么个沉。"可不，里

142

面有历史书，有文学名著，更多的是那时我收集到的东西方比较权威的哲学著作。如果没有"文化大革命"，按照我对自己的设想，我想进最好的大学，并且全部志愿都填"哲学系"，我那时的志向是当哲学家。

那些年农村正在开展"农业学大寨"，除了种地，农闲也歇不下来，要兴修水利，积肥，要修大寨田。劳动强度很大，营养却谈不上。但我每天收工回来，还是抓紧时间尽可能地读书做笔记，对农村进行了大量的调查研究。

作为知识青年，我至今还小有得意的是，我们为村里建了第一个养猪场，开了第一个豆腐房，我还带领几个同学利用回京探亲的机会到北京协和医院学了针灸，为老乡看病，很得老乡的信任。为了准确掌握穴位，治疗聋哑病人，我还让一起学习的同伴在我的后脑扎"哑门穴"亲身体验，那属于禁区，扎不好有生命危险。为做糖化饲料，我当时一个人住在山脚的土窑洞里，窑洞没门只挂一个棉门帘。山上常有野狼出没，那时年轻，有点天不怕地不怕的劲头，现在想想还有些后怕。至于我们开猪场、豆腐房，不仅改善了农民生活，也增加了队里的收入，使老乡对我们刮目相看，觉得"还是大城市里来的知识青年有本事"。

我立意搞文学是其后很久的事了。从 1980 年写第一部短篇小说开始，我已写了二十部长篇小说，还写了不少哲学、心理学、文化学著作。翻开我的文学作品，大量记录着我当年对农村生活的感受和那里的风土人情。我通过我的人物曾很详细地写过怎样做豆腐，怎样做糖化饲料，秋收时怎样在场上扬场，春种时怎样在地里播种。这些都是那个年代的印记。

最重要的是，在我插队的四年中，通过与社会底层人民血肉相融的共同生活，我获得了一个作家最为宝贵的生活体验。我至今能够生动地感知农民的喜怒哀乐，并且对他们有着深刻的认同。而这，是一个作家创作生命取之不尽的源泉。

插队很苦，记得我第一年回家探亲时带回了一条被子，被里一片片暗红色的血渍，是臭虫跳蚤咬后挠破了沾在上面的，已不能再用。母亲当时就叹息了，这条被里亦成为她多少年的话题，说我在农村受了苦。

确实有些苦，但它也是我生命的营养。

我很怀念为我提供了第一份工作的小村庄。

母亲的端午

　　小时候，每当母亲将挂在阳台上的干粽叶摘下来，我就知道端午节快到了，会数着日子等母亲将这些粽叶包成香甜的粽子。

　　那是上一年吃粽子后留下的相对完好的粽叶，母亲细心地将它们洗净，扎好，沥干水分，再捆成一把把地晒在阳台上。第二年用的时候先要在木盆里泡，还要在开水里煮，使之恢复韧性。当然这些粽叶是远远不够的，因为包好的粽子除了自己吃，还有一部分要送给邻里品尝。当孩子们背上书包上学的时候，母亲通常会顺手塞上几个，嘱咐给要好的同学吃，而这些粽叶是无法"回收"的。

几十年前的北京城比现在小得多，我住的百万庄差不多是郊区了。不远处的苇塘长着密密的芦苇，也算一种玩耍吧，母亲这时节会带着我们去采苇叶。采来的苇叶大多较窄，包粽子并不合适，母亲包粽子时会将这些新鲜的苇叶与用过的粽叶插放在一起，为取它的清香。那时商场里买不到粽叶，但每到端午前夕，有时也会有三三两两的农民守在街边，从麻袋里掏出一捆捆扎好的粽叶叫卖，母亲便会赶去很内行地挑选厚实宽大的粽叶，而端午节也就在这样的准备中一天天临近了。

出生在南方的母亲到了北京还守着家乡的饮食习惯，每年端午要包三种粽子：肉粽、枣粽、红豆粽。北方人习惯先将江米泡软，但母亲只在包之前把米淘净，她说米泡软了固然会增加黏性，但吃在嘴里没有口劲。

开始包粽子了，这在母亲似乎是一种享受。若是红豆粽，她会把江米和红小豆混合在一起。若是肉粽，则要将五花肉切成红烧肉那样大的块用酱油腌上，待肉充分入味后再和江米包在一起。枣粽就简单了，包时先放些米，再放几粒枣，最后用江米将粽面抹平。在母亲灵巧的手中，那些散乱的粽叶和江米转瞬间变成一个个结实饱满的粽子，棱是棱，角是角，个个显得精气神十足。母亲包粽子的"本事"是从小练就的，还是小姑娘时，她就和小伙伴们一起采了河塘里的苇叶用泥练着包粽子。母亲说，那时的小姑娘都要学着做家务，不然嫁出去会被婆家人小看。

粽子包好了，母亲会分别做出记号。枣粽是一个一个的，而肉粽是将系粽子的马蔺两个两个地系在一起，红豆粽呢，母亲在包的时候故意不剪掉多余的叶尖，这样，留着小尾巴的就是红豆粽了。在儿时的我眼里，母亲每次包的粽子都像小山一样多，用熬稀饭的大锅要足足煮上好几锅。那时没有高压锅，一锅粽子往往要在火上焖四五个小时。到了屋里飘满粽香的时候，母亲掀开了第一锅。但这还不是孩子们解馋的时候，母亲会准备几只大碗，三样粽子各放一些，让孩子们给邻里的阿姨叔叔们送去尝尝鲜。记得每次拿着空碗回来的时候，母亲会显得不经意地问一句，阿姨叔叔说什么啦？我说阿姨说谢谢。母亲往往还会跟一句，还说什么啦？我说阿姨说妈妈包的粽子特别漂亮。而这，才是母亲真正想听的话。

之后的几天里，每天早晨起床后，母亲会问几个孩子想吃几个粽子，各要什么口味的。于是有的说要红小豆的，有的说要肉的，有的说要枣的。母亲一一从锅里挑拣出来，放在各自的碗里，然后坐在桌边看我们狼吞虎咽，脸上带着满足的笑意。

这样的端午一直伴随着我离开北京到农村插队，那时全家五口人分了四处，下放到干校的母亲不再有兴致过端午了。等全家人又聚到一起的时候是十几年之后，我们都已成家有了孩子。母亲又恢复了早年过端午的习惯。她会早早准备好粽叶，包上一大堆，等我们回家时一起吃，每次吃完还要拿一些带回各自的小家。

看到母亲年纪渐渐大了，我多次劝她不必再费神自己包粽子。母亲不语，然而每年的端午仍要包很多粽子，我们回去时仍会从冰箱里拿出她早为孩子们留出的口味不同的粽子，直到她去世的前一年。记得那年端午节我去看她，母亲脸上带着些许歉意，说："今年没包粽子，妈妈觉得力气不够了。"我笑着安慰道："想吃粽子，超市里随时买吧，各种口味的也都有。"母亲慈祥地叹道："外面卖的总归不如自己包的好吃些。"

母亲去世以后，我很少吃粽子了。每逢端午，会有朋友送一些，但无论何种口味，都远不如母亲的粽子香甜。

我对端午的记忆永远属于母亲，那是母亲的端午节。

清明扫墓

　　每年清明，我会去给母亲扫墓。那时节墓园里人来人往，但大都十分安静。人们拿着不同的祭品，找到亲人的安息之地；又依照不同的风俗习惯，以不尽相同的方式祭奠。有的在墓前放些点心饮料，有的则供上烟酒，当然，摆放更多的是鲜花。美丽的鲜花给墓园增添了一抹温馨。在完成了祭奠仪式后，人们通常会很安详地散去。

　　母亲安息的墓园很大，每年都会增加不少新的墓碑，想来逝去的人在这里并不寂寞。从一个个碑文中可以很清晰地读到逝者的年龄、性别。自然多是老人。有的是相伴一生的夫妻，共同走过几十年风风雨雨；有的只刻一半碑文，显然给活在世上的另一半预留了位置。以一个作家的敏感，我似乎能读到每个墓碑下面隐含的故事。

逝者中也有年轻人，一个墓碑上镶嵌一张彩照，那是一个帅气的小伙儿，高大英俊，死时不过三十三岁。墓碑背面的简短文字说他在京津高速路上遇难，立碑的是年轻的妻子和四岁的女儿，碑座放置着一大篮盛开的鲜花。他在最灿烂的年华逝去，未知他的妻子、女儿会在失去他的岁月中怎样生活，对他的记忆又将怎样影响着她们今后的命运。

还有一个造型独特的墓碑令人印象深刻。那是一个十七岁的男孩，没有说明死因。碑座上雕刻了一个硕大的足球，显然是父母给儿子的最后礼物。以此可看出少年生前一定热爱足球，父母希望儿子在天堂的草地上依然快乐地玩耍。算起来这对父母应当不算年轻，按中国的独生子女政策大概只有这一个孩子。即使他们能够从中年丧子的伤痛中恢复过来，再要一个孩子恐怕只能是梦想。若真的如此，往后的人生之路会很艰难。

还有一个六岁女孩的墓碑，一个真人般大小的洋娃娃被妥帖地放置在碑座的一侧，我每次来墓地，都看到这里摆放着造型不同的洋娃娃。她逝于花蕊般的年龄，还来不及享受人生。显然父母常来看她，并且像她活着时一样送她喜爱的礼物。

就在我要离去的时候，一对年轻人在附近的墓前停下。他们先用清水将墓碑洗净，然后放上花篮，在鞠躬默哀之后，男青年俯下身跪在墓前喃喃低语，边说边不停地流泪。

看到我理解安慰的目光，年轻人说，那是他的奶奶。几年前他去海外留学，因为种种原因未及见奶奶最后一面，这是极大的遗憾。现在他已毕业工作并且有了心仪的妻子，他要把这些成长经历告诉奶奶，让奶奶知道她疼爱的孙子现在生活得很幸福。

这样聊着，年轻人突然问了一句："您说人有灵魂吗？"

我迟疑了一下，反问道："如果人没有灵魂，你刚才为什么会对奶奶说那么多的话？"

年轻人顿时感觉轻松了，说："我相信刚才在墓前说的那些话，奶奶都能听到，而我现在的生活，奶奶在天上也都能看到。"

关于灵魂的有无一直是人类探究的重大哲学命题。伟大的先知苏格拉底曾因为思想的自由被他的时代判处了死刑，临刑前他与自己的学生克贝有这样一段对话。

苏格拉底说："你承认死是生的对立面吗？"克贝说："我

承认。"

苏格拉底说:"它们相互产生吗?"克贝说:"是的。"

苏格拉底继续问:"那么,从'生'产生的是什么?"克贝回答:"是'死'。"

苏格拉底又问:"从'死'中产生的是什么?"克贝说:"我必须承认是'生'。"

生与死就这样对立又统一着,相生又相克着。生者无从知晓逝者的世界,有关那个世界的一切描述或许只是生者的想象。即使真的如描述的那般美好或狰狞,活着的人也无从验证。

但我宁可相信人是有灵魂的,也因此我们才会祭奠亲人。我为母亲挑选的墓园有山有水,有舒缓的绿色草坡。父亲当年看到这里的风景很是欣慰,说一生热爱花草自然的母亲一定喜欢这里。

在母亲灵魂的安息地,我久久地徜徉流连着,为的是多陪伴她一会儿。

第三辑

爱情婚姻

我的博客如何成了婚恋论坛

　　我是在 2005 年年末才决定加入博客大军的，初始并未有太多想法，只觉得多了一个和读者交流的平台。自从写作以来，读者来信一直很多。除了通常的问候之外，不少人请教他们在生活中遇到的各种问题。只要时间允许，我会尽可能回复。没有博客的时候，这种交流通常是一对一的回信，即一个人提出问题，我针对一个人解答。

　　开通博客之后，交流的渠道明显便捷，信件成倍增加。作为一个作家，我的主业自然还是写作，过去那种一对一的交流在"新形势"下变成不可能完成的任务。于是我有选择地将一些交流经过处理放上博客，这样，对一个人的回答或许能兼顾到更多有同类问题的朋友。

这些文章引起相当热烈的回应。朋友们的交流涉及人生、社会方方面面，有的谈怎样求职，有的谈怎样处理人际关系……在这过程中，讨论最多的显然是婚恋。

我的博客也在朋友们的参与和推动下不自觉地向婚恋方面倾斜，几乎成了一个讨论婚恋的平台。一年上千万的点击量，相当多的话题是围绕着婚恋进行的。不久前，新浪还将我的博客评为婚恋第一博客。

不少年轻人在来信中向我讲述自己的婚恋故事，婚恋隐私，婚恋痛苦。很多内容触目惊心，相当惨烈，提出的问题更是匪夷所思。如果说我在开通博客之初对婚恋问题的关注还是比较被动的态度，甚至可以说是个无心的过程，随着对这一领域的深入了解，我逐渐把它作为一个严肃的人文话题进行研究了。

解答了那么多婚恋问题，我也有许多感触。一个很重要的感觉是，没有想到当代人面临的婚恋问题如此之多，这些问题又如此纠缠人。

未开通博客之前，许多婚恋问题我也是知道的，我过去的小说也有相当一部分内容涉及婚恋。然而在互联网上我接触了大量之前无法想象的案例，不同年龄段、不同出身背景、不同文化档次和不同性别的当事人在网上向我倾诉，那种真切和强烈常常对人造成很大的冲击。我发现，婚恋问题绝不是一个个轻佻的花边新闻，更不是报章猎奇的娱乐性话题，它是当代人无可回避的困扰之一。

当代人在精神上面临许多困扰，最主要的问题是对时代急剧变化产生的各种落差不很适应。比如贫富落差，新旧事物的落差，新旧观念的落差，东方文化和西方文化的落差。具体到婚恋问题，不同性别和不同文化背景的人看问题的角度反差也非常之大。对于每一个婚恋个体来说，最普遍的落差是主观愿望和客观实际的落差。

我们正处在一个充满竞争的时代，很多人在自己的人生感情方面都存有奢望和梦想，这不仅表现在对事业和金钱的追求，也表现在对爱情、婚姻的想象。通常会主观要求很高，而现实能够得到的往往和主观要求差别很大。这种落差使人们有了焦虑。发财致富会焦虑，爱情婚姻也会焦虑。很多人觉得找不到理想的爱情和婚姻。婚前，认为自己的恋爱不理想。婚后，认为自己的婚姻不理想。找对象难，结了婚对自己的婚姻不满还是难。

开通博客以来，许多青年男女在与我的交流中得到帮助。这使我欣慰。

有人问我这种写作能坚持多久？十年八年不好说，但起码近几年我乐于以这种方式与朋友们交流。并通过这种交流探求和揭示当代婚恋的种种潜规则和显规则，理出某种规律性的东西。希望通过整理这些具体的个案对当代婚恋问题做出一点点自己的发现。

从这个意义上说，我喜欢博客，它已成为我生活的一部分。

风险职业

　　小夏八年前与老公相识相爱，虽然对方并不被家人朋友看好，但她还是顶着压力结了婚。老公果然是潜力股，婚后工作生活皆很顺遂，收入也节节攀升，没几年一家人就买房买车过了上"有品位"的生活。为了让老公安心工作，小夏干脆辞去了待遇不错的工作，专职在家相夫教子。也犹豫过这样做的后果，但为了家庭的幸福小夏还是选择了奉献。

　　不久前，小夏无意中发现老公和几年前生小孩时请的保姆在床上的寻欢录像，那种眩晕和绝望无法形容，只有一个念头，就是从楼上跳下去。

几天后，小夏平静下来与老公谈话。

老公居然说自己当初是被要挟的，他从不曾想过要离婚，那是一时的失足。他早就想和那女人分手，后来在一起只是为了安抚她。若是拒绝，对方就威胁要来找小夏。老公诅咒发誓说不想失去妻子，对小夏的爱刻骨铭心，是任何人无法替代的。

既然如此，小夏就要求一起找那个女人谈谈。

见面的场合相当尴尬，只听那个女人毫无愧色地滔滔不绝。她说小夏的老公对她一直像公主一般待遇，还说此生有她足矣。老公当时一言不发，事后却矢口否认，说那些话是那女人编出来故意挑拨他们的。

令小夏更沮丧的是，这件事还未了结时，小夏又怀上了第二个孩子，而且老公还坚持要她生下来。老公的理由是，之所以生第二个孩子，是为了证明给另一个女人看，他不会跟妻子离婚。说是这样说，老公仍常以各种借口夜不归宿，小夏当然知道老公去了哪里。深夜小夏独自守着两个孩子无法入眠，想来想去，觉得自己不过是个会生孩子的超级保姆。而那个女人自从与小夏见面后索性撕下脸皮，电话、短信不再避讳。小夏无数次劝告老公不要毁了这个家，老公反说小夏多心了，说他从来就没正眼看过那个女人，只是被迫给那女人解决生理问题。

小夏一边鄙视着老公，一边又在掩耳盗铃地"听信"着老公的种种解释。

小夏不知怎么办好，希望从我这里讨个主意。

按照通常的道理，任何人都会劝小夏离婚。不仅因为丈夫出轨，更因为他的品性实在太差，事情到了这一步，还谎话连篇。

但这样的主意似乎并不适用小夏。

假如小夏不能容忍第三者，离婚是最简单的。假如小夏愿意睁一只眼闭一只眼，许多婚姻也就这样磕磕碰碰地维持着。现在的情况是，丈夫不愿与第三者了结，小夏又下不了决心离开丈夫。这就有些难办。两个孩子尚小，倘小夏手里有一份工作，不仅自食其力还能养活孩子，那么，自尊自爱地带着孩子离开就是。能自食其力，心里就有一份底气，不怕对方不负责任，自然也不怕对方要赖。离了婚还要对家庭财产做出合理分割，对孩子的抚养做出适当安排。不负责任的丈夫对出轨会付出代价。然而，全职母亲的小夏没有一分钱收入，以现在的就业之难，她离开职场已经八年，在年龄和经验上都不占优势，重新找到一份可心工作并不容易。那么，她愿意重新回到起跑线上和那些刚刚走出校门的年轻人竞争吗？再假如工作并不理想，很辛苦并且收入不高，她愿意起早贪黑地劳累吗？

小夏的丈夫恐怕是品透了这些，才敢如此胆大妄为。

许多女人在婚姻中奉献了自己，而且不留一点退路，以为很高尚，其实很愚蠢。《国际歌》中有这样一句，"从来就没有什么救世主……要创造人类的幸福，还要靠我们自己"，这话放在小夏身上，并不过时。

我给小夏的回信很短：选择的权利永远握在自己手中。如果你想好了，不能忍受这样的欺骗，也不能忍受这样的家庭格局，分开是不错的解决之道。但分开后你会面对另一些问题，那可不是忍气吞声就可以解决的。

我在网上看到网友们总结的全职太太四大风险：一是经济风险。二是个人成就感风险。当妻子每天只能往返于菜市场和家的两点一线，谈论的话题只有老公、儿子和商品打折信息的时候，会从心底里产生一种疏离社会的失落感。三是婚姻风险，既然把做太太当成职业，先生自然成了你的老板。对于这个老板，你还没有任何主动权。一旦婚姻有个闪失，太太就等于失业了。四是再就业风险。一旦有一天你准备重返职场，首先是年龄的尴尬，其次是长期远离职场，职业竞争力大大减弱；而这些，是一个准备做全职太太的人应当考虑周全的。

发现父母婚外情，孩子怎么办

一

不久前，我收到一个女孩来信，信中说：

柯老师：几年前，家里为了我的前途，把我送到北京读书。妈妈不放心我一个人，辞了工作，离开了家，放爸爸一人生活。一过就是三年。

今年高考结束，妈妈让我先回家陪爸爸，她留在北京等我的录取通知书。

　　三年来，全家只有十一、五一、过年才能团聚，现在，可以和爸爸一起过一个长长的暑假，我好高兴。

　　可是，回家的前四天，有三个晚上爸爸都没有回家，我以为爸爸在外玩牌，很不高兴，觉得爸爸居然过的是这种生活。第四天晚上，爸爸回了，晚饭后进浴室洗澡，我听见水哗哗地放着，爸爸却在里面打电话……

　　爸爸背着我打电话的情况以前也有过，那时我还在初中，虽然小，但这种行为的性质我是明白的。现在这种情况再次发生。我好难过。

　　前天晚上，我有意趁爸爸洗澡时看了他的手机，当我打开一个陌生名字后的消息上，居然写着"老婆"。我一下就蒙了。

　　这几天，我一边挂心着自己的考试分数，一边愤恨着爸爸的残忍。他欺骗了我和妈妈。白天他上班，我一人在家，想到这些我会嗷嗷大哭。我觉得爸爸好恶心，家里的一切都好恶心。

　　我会想：凳子是否被别的女人坐过？碗和筷子是否被别的女人用过？镜子里是否曾出现过那女人的脸？那被子是否被别的女人盖过？

　　但说爸爸要完全放弃这个家，放弃妈妈，又不是。他并没有这么做。

我不知道要不要跟妈妈讲这件事。

小时候我怕，现在也还是怕。但我更不希望妈妈受委屈。为了我，妈妈已经牺牲了很多很多。虽然高考我的成绩过线了，但妈妈还是独自留在北京打工挣钱。我怕在电话里跟她说了，她一个人在那边承受着，伤心着，难过着。

柯老师，您是长辈，想得肯定比我周全。今天，爸爸好像又不回来了。

你能给我些意见，告诉我，这时候的我，怎么做合适呢？

二

"面对父亲的背叛"是女孩写信时使用的标题。

几乎在同一时间，我还收到另一个女孩的来信，标题是"发现妈妈有了婚外情，我该怎么办"。

近期，我有多篇文章涉及婚恋，但那基本是与成年人讨论。看到他们中的许多人难以摆脱的困扰，我脑海里常常会莫名其妙地跳出"苦海无边"四个字。为什么百般追求并沉溺其中的情爱给许多人带来的竟是无法解脱的痛苦？

而这次，从严格意义上讲，写信的女孩还是未成年人，虽然已高中毕业，但对于人生和情爱还处在懵懂无知的状态。她那生活并不富裕的父母，想要女儿接受更好的教育而被迫分居，并决定由母亲到大城市一边挣钱一边陪女儿读书，让父亲独自留守家中。这样的三年，想必有许多艰辛不仅不为外人所知，以女孩这样的年纪也未必都能体会得到。所幸女孩高考成绩不错，应当是全家欢聚的好日子。但为了应付高额的大学学费，母亲仍选择留在异乡挣钱。独自回家的女儿无意间发现父亲的婚外情，这对一个自出生时就享受着父母无限关爱的独生女来说，不啻晴天霹雳。

从心理学角度说，父亲对于女儿，是巨大的精神支撑。

父爱的缺失或转移会使女儿产生心理空洞，产生挫败感。这样的时刻，孩子既可能比父母想象得"小"和"无知"，又可能比父母想象得"大"和"成熟"。

在与父母的关系上，即使子女已经成年，他们仍很脆弱。

这样说来，婚外情不仅涉及成年的几方，还同时涉及这些家庭中的孩子。假若父母出轨已成事实，孩子们又该有怎样正确的认知和应对呢？

三

我是这样给女孩回信的：

你说自己刚刚结束高考，那么，应该有十七八岁了。

这个年龄的孩子，从外貌上看有点像大人，自我感觉也懂事了，但心理往往还不成熟，特别像你，一直在校园读书，社会经验会相对缺乏。

发现爸爸的婚外恋情，你的难过非常好理解。但这件事怎样处理要特别慎重。爸爸之所以打电话背着你，恐怕因为他也觉得这样的事有点"见不得人"，不愿让你和妈妈知道。这也许还说明，他并不想放弃目前的家庭，不然他直接离婚不就行了？

虽说你还是个孩子，但这件事上扮演的角色就有点关键了。

现在，柯老师要求你放弃小姑娘的角色，先把自己的痛苦放在一边，把自己当成大人。用成年人的眼光和态度处理这件事。

你先要理性地分析一下，看看爸爸妈妈还有没有共同生活的基础？如果有，就要想办法和爸爸沟通，让他知道你的痛苦，知道这件事一旦被妈妈知道，会对她造成怎样的伤害。在和爸爸沟通之前，先不急于告诉妈妈。等把情况了解清楚了，再决定下一步应当怎样做。

我想，之所以父母感情疏远，和母亲离家时间太长或许有点关系。他们长期分居两地，母亲为了挣更多的钱供你读书而无暇照顾爸爸，这也是他们为培养你成才做出的牺牲。当然，这并不是说父亲的背叛就有道理，但出了这样的事情，要客观冷静地分析和对待。

你也许知道，在美国，孩子长到十八岁大多就脱离家庭走自己的路了。美国很多家境富裕的孩子上大学并不靠父母，而是自己贷款或打工，这在中国目前还做不到。现在的中国大学生学费很高，你已上录取分数线，接下来的大学生活肯定要靠父母的资助。因此，让爸爸妈妈健康愉快是重要的。妈妈在北京打工挣钱非常不易，要多体贴她，尽可能不让她承受更大的压力。即使有一天要让妈妈知道这件事，也要有恰当的方式和时机。

我认识一个初中女孩，曾因父母的婚外恋而一度荒废学业，整日流连网吧，用游戏麻木自己，并用厌学惩罚父母。

女孩曾向我哭诉自己受到的伤害。我给她的忠告是：婚外情是父母的事情，和你没有关系。不论他们之间的关系发生怎样的改变，你是他们的女儿、他们是你的父母这一点是不会改变的。作为父母，即使他们离异，即使他们相互背叛，但他们爱你，希望你优秀，希望你将来有好的前程，这也是不会改变的。不要用自己的不上进来惩罚父母。你要明白，你是在为自己学习，为自己努力，为自己成长。你的未来属于你自己。

这个女孩听了我的话，得到了正确的认知，不仅学习成绩有了很大提高，精神也变得阳光多了。

相比起这个初中女孩，你的年龄大了几岁，思想也会相对成熟。希望你通过这件事，心理得到成长。发现了父亲的婚外情，你没有贸然行动，而是给柯老师写信求助，就是懂事的表现。你已经懂得在行动之前，要有理智的思考，这就是成长和进步。

此外，情况没有搞清楚，先别急着难过。

要这样想：这个家今后会怎样，妈妈今后会怎样，爸爸和妈妈还能不能像过去那样相爱，很大程度上看你对这件事情的处理。处理正确，也许爸爸会幡然悔悟，家庭重归幸福和睦的过去。处理不当，也可能弄得很僵，反而使爸爸妈妈都不好下台。

最后，柯老师嘱咐你一点，不论怎样，那些都是大人的事。即使爸爸真的背叛了妈妈，他仍是爱你的，永远不要怀疑这一点。因此，好好地学习，快乐地生活，这是爸爸妈妈对你共同的期待，也是柯老师希望你做到的。

爱情博弈

　　秋月是一家杂志的编辑，不久前向我求教婚恋问题。

　　秋月的老公是小有权力的官员，结婚八年，女儿四岁。一年前，秋月发现老公与一个女大学生关系密切。经询问，老公坦言自己陷入婚外情。秋月当即晕倒，随后想与老公离婚。但父母一再阻拦，让她为了女儿忍一忍。老公呢，既不肯离婚，又说无法迅速了断婚外情，因对方为他流过产。看着年幼的女儿，秋月暂时放下离婚的念头。日子就在表面的平静中过下去，老公在家仍扮演好丈夫、好父亲的角色，但每逢周末就会消失一天，有时半夜接到电话，也会匆匆离去。

每当这时，秋月就陷入剧烈的心理冲突：是该果断离婚，还是等老公了断婚外情？

秋月的提问让我想到网上一段第三者与妻子的对话。

第三者："我和他已经相爱了一年，希望你能主动退出。"

妻子一笑："他从来就没有和我提出过离婚，估计也从没有答应过要和你结婚吧？"

第三者："他说你们之间早就没有了爱情，不离婚是因为亲情。"

妻子："你知道什么是亲情吗？就像左手和右手。平日握在一起可能没什么感觉，也不觉得怎样珍贵，倘若真剁去一只手，人就成了残废。我是绝不会让十年的感情残废的。"

据说这次谈话后不久，第三者选择了离开。

这位妻子在第三者面前选择了死守家庭的态度。

那么，发现丈夫婚外情，妻子是否都该这样呢？有人说一次出轨终生出轨，早离早解脱；有人说不能便宜了第三者，坚决不离，拖死他们。

其实都不全面。

面对丈夫婚外情，离不离婚要区别对待。

大体分两大类五种情况：

第一种情况，家庭已经没有继续维持的基础，妻子对丈夫本来就不满意，只是一直下不了离婚的决心，这时丈夫有了婚外情，无疑就该下决心了。大可不必因为第三者的刺激，反而要回头守住家庭。

第二种情况，丈夫对婚外情不但毫无悔意，反而恼羞成怒，摆出一副死猪不怕开水烫的架势。这种情况下，婚姻肯定无好前景。作为妻子，千万不要再存幻想，以为忍气吞声能天长日久忍出个好结果来。应坚决捍卫自己的尊严，毫不犹豫地结束已经死亡的婚姻，否则拖延一天，耽误自己一天。

以上两种情况属于一大类，比较容易决断。

难就难在那些尚有一定基础的家庭，夫妻感情不错，子女也还好，但妻子消化不了丈夫婚外情，该怎么办？

这又涉及三种情况：

第一种，丈夫悔悟了，从此回归家庭，这时妻子切忌穷追猛打、不依不饶。经过这样的风雨，家庭往往会更趋稳定。所谓"赔不是里生爱情"。这时妻子越宽容，丈夫会越感念。

一张白纸不见得就好，从未经过波折的家庭反而脆弱。

第二种，丈夫口头上也悔悟了，暗里还和第三者保持联系，当然会有所收敛。这种情况就比较难于处理。大凡迷恋过婚外情的男人很难完全断绝诱惑，但又不想用婚外情取代家庭。这时全看妻子如何评价自己的婚姻，如何看待丈夫"馋嘴猫偷腥"的行为。如果妻子认为丈夫总的来说对家庭还负责任，相信他经过一段偶有出轨的岁月最终会回归家庭，那么，这个婚姻可以吵吵闹闹地磨合下去。如果丈夫花心得厉害，妻子又绝对无法咽下这口气，就要及早掂清其中的利害，该离就要趁早。

第三种，丈夫的婚外情被发现后，一方面说要维持家庭，另一方面撕破脸，婚外情反而从地下转为公开。有些女性迫于家庭多年的经营和积累，以及对孩子、父母等方方面面的考虑，对于该不该离婚十分犹豫。

那么，面对这种情况要早下决心。丈夫以保留婚外情为维持家庭的条件，不仅是对妻子的侮辱与不公，也预示这个家庭未来必定不会有好结果。

总之，第三者现象在当下已不是个别的存在，离还是不离，不单是理论问题，也不单是原则问题，而要从人生利益的最大化出发，在博弈中做出正确的抉择。

中年危机

中年男人出轨在当下似乎已相当普遍。听说在中国南方的某些城市，一个男人若没有小秘或者二奶，是很没面子的事情，说明这个男人没有起码的钱财或权力，也说明他不够成功，对女人不够有吸引力。

而所谓第三者，人们干脆就叫她们"小三儿"。

一位中年女性就面临着"小三儿"的困扰。

她告诉我，她和丈夫双双毕业于名牌大学，经过十几年的奋斗，她的家庭从一无所有到有房有车有孩子。在朋友眼中，她是幸福的妻子和母亲。然而，就在她沉醉于令人羡慕的小家庭生活中时，突然发现丈夫有了情人，对方是刚刚走出校门的大学生，和自己刚刚结婚时是一个年龄。

这对她犹如晴天霹雳。如大多数婚外恋一样，丈夫一开始是不承认，继而在证据面前遮遮掩掩，看到实在掩盖不住了，索性撕破脸皮我行我素。直到女方闹着离婚，方有悔意。但并不愿意与"小三儿"分手，说只要妻子能够容忍这种关系的存在，他并不想拆散现在的家庭。

愤怒的妻子从最初的痛不欲生中渐渐冷静下来，考虑自己究竟该怎么办。许多朋友都劝她忍下这口气，但她无论怎样都心有不甘。且不说这些年养育孩子、照顾老人所付出的种种辛苦，单说为了支持丈夫的事业她又做出了多少牺牲？然而，不咽下这口气又能如何？所谓潇洒地转身离去并不那么容易，这样做不仅成全了"小三儿"，且自己青春已逝，如何重建未来的人生呢？

她向我求教，该怎样处理当下的困局。

这也是许多已婚女性面临的困局。

曾有人问我，在当代，威胁家庭稳定的第一杀手是什么？

我的回答是，第三者与婚外情。

问题再进一步，作为家庭的第一杀手，哪种婚外情又是杀手中的杀手？

以我的观察，就是跨代的婚外情，一些三四十岁、四五十岁成功的有钱的有名的男人和二十多岁的女孩子的婚外恋。这种跨代婚外情对当代家庭最有冲击力。

小三儿现象和跨代婚外情算得上当前婚恋领域的一大奇观。

相当多的成功男人都涉入了这种婚外情。

我认识一位公司老总，他的情人即他的女秘书。那是个漂亮女孩，温文尔雅，讨人喜欢。老总为女孩买了房子，买了豪华跑车，并且将女孩的父母一起接到北京。女孩的父母来自南方的小城，也算有知识有文化，但对于女儿"小三儿"的身份丝毫不以为耻，反而觉得女儿很能干，连爸爸妈妈也能跟着一块儿风光。

那么，这种畸形的婚恋景观为什么会在当代大量出现呢？

有两方面原因。首先在成功男人的那一面。他们曾在年轻时专注于奋斗，中年成功了，觉得有理由享受了。而当今社会恰恰处在经济高速发展、道德伦理等文化配置相对滞后的阶段，以人性的弱点而言，贪恋女性青春的性心理和缺乏社会有效约束使这类男人比较方便地把目光盯向了年轻女孩。于是，婚外情成为一种刺激，许多人以此为享受，以此为炫耀，更以此为成功的注释。

一位年轻女记者听了我的分析后说："这只是男人单方面的愿望，女孩不接受他们也没戏呀？"

我说："这就是我接着要说的另一方面。之所以大量年轻女孩落进跨代婚外情的危险游戏中，有一个原因，是为了金钱和物质享受，用时尚的话说，以青春赌明天，一步跨入高尚生活。傍上一个成功男人，可以免去一段艰苦难熬的人生资本的原始积累。"

女记者仍有保留，说那些跨代婚外情的女孩也不都那么"低俗"，她的朋友中就有当"小三儿"的，不仅仅因为对方成功，真的因为爱情。

我笑了，说："跨代婚外情之所以成为一种普遍的社会现象，还有不为世人所知的更深层原因，那就是心理学所说的'恋父情结'。在当今独生子女家庭中成长的女孩，常常人很聪明，有高学历，但人格并没相应长大。有一首歌《不想长大》在女孩中甚为流行，很能说明这一代女孩的某种心态。她们走上社会后除了没有艰苦奋斗的人生准备外，还特别迷恋父亲般的男人。她们希望身边的男人能给自己最大限度的呵护。同龄男孩们相比于那些大男人既没有事业基础又不解风情，更没有力量给女孩以父亲般的关爱，用女孩们的话说，在哪方面都显单薄。这时，当那些成功男人带着钱财、权力和自信微笑着向她们伸出手时，女孩子很容易掉到这个暖窝窝里。"

从这个意义上说，跨代婚外情对男女双方都有着非常强的感情联结力。

它对现有家庭的解构是大面积的，致命性的。

那么，作为成功男士的妻子们，她们又该如何面对这种跨代婚外情的威胁和挑战呢？

回答是，要从敢于正视这种威胁和敢于接受这种挑战开始。

女友日记

当代社会，初恋就步入婚姻的是少数；而经过两次乃至多次恋爱才进入婚姻的是多数。因此，如何走出"前男友"或"前女友"的阴影，便成了一个普遍的婚恋问题。

小杨和女友是相亲认识的，"一见钟情"这四个字很符合他对女友的感觉。女友对他也还满意，不到半年就定下了彼此的关系，双方父母也见了面，并初步商定了结婚计划。如现在的许多年轻人一样，他们在婚前已搬入新居，还精挑细选了部分家具，只等着那场盛大的婚礼和一张幸福的结婚证。

一切看来都很美好，意外却不合时宜地降临。

一天，小杨在新房里收拾杂物，意外地发现一本厚厚的日记，里面详细记载了女友初恋时的点点滴滴。女友从未刻意隐瞒过这段恋情，交往不久就告知小杨这段维持了两年的感情。分手的原因并不复杂，男方的父母嫌女友家境不富裕，且是外地人。在经历了一段痛苦的挣扎和反抗后，男孩终于屈服于父母的态度，选择了分手。

小杨翻看着这本日记，从最初的牵手，到后来的肌肤相亲，每次争吵后的和好与甜蜜，多次分分合合后的相拥痛哭，女孩一一详细记述。日记中还精心保留了两个人合拍的照片，连逛公园的门票，看电影的票根，都被一一仔细地贴在日记本中。小杨感受到女友当初是多么深爱那个已经分手的男孩，字里行间，刻骨铭心，撕心裂肺。虽然他早就知道这段恋情，但那终究只是个概念，与这本厚厚的日记所承载的信息是完全不同的。

小杨读罢日记，大脑一片空白，不知该如何去面对。

小杨也有过初恋，但上一段感情就是因为对方和"前男友"分手没有分干净，和他交往后还藕断丝连，小杨毅然选择了分开，并为此受伤不轻。他发誓再不找这样的女孩。现在的女友一直对他很好，他可以接受对方有过去，但是无法容忍她走不出那段感情。本来计划再过一个月就去领证的，婚礼的酒席也都订好，双方的亲友都早早打了招呼，但这本日记使他产生了动摇，对彼此的关系失去了信心。

因为不想将来后悔，他来信希望我帮他拿个主意。

这类故事我听到很多。现在社会开放，年轻人婚前多多少少会有一些恋爱经历，性接触相当普遍，奉子成婚也不算稀奇。但对于这对即将牵手的年轻人来说，女友日记使婚前的这段经历有可能成为"定时炸弹"，说不定什么时候会炸伤了爱人。

我告诉对未来婚姻满怀憧憬的小杨，看到未婚妻的这本日记，心情可以理解。但你也该知道，那段感情和你没有任何关系，这样折磨自己毫无必要。任何一个人对自己经历过的事情都难以一下清除干净。不留在日记本里，也会留在脑海里。只要想一下自己的人生经历，就可以证明这一点。小杨只需明白，未婚妻与前男友事实上已经分开，而她和你已经走到一起，并且成了定局。

所有与小杨有类似经历的年轻人，都该有如是正确的认知。

未婚妻将初恋如实告知你，并且没有特别藏匿与销毁日记，一是因为她诚实；二是因为她对两人关系的信任，并不认为这过往的恋情会危及现在的婚姻。至于她为何对已经分手的初恋心存怀念，则是因为善良。一个与对方一分手就咬牙切齿、必欲置对方于死地的女人，你敢和她结婚吗？当然，女友年轻，有可能犯通常人都容易犯的错误：比如耿耿于怀于那些远远的、包括已逝去的东西，而对眼下真正美好的东西反而有所忽略。但这种心理是大多数人都难免的，对此不必太过计较。毕竟你拥有了她的现在，而她也认真投入着和你的感情。

当然，用适当的方式让她理解你的感受，包括你的痛苦和失望，也是必要的。但这样做的时候切忌情绪失控，切忌指责对方。否则，女友会备感委屈，反而会伤及彼此的关系。

希望这样的劝告能解开小杨们的纠结。

而对于小杨的未婚妻及犯同类"错误"的女孩，我们同样有一些劝告。

初恋只有一次，对每个情窦初开的年轻人是难以忘怀的一段记忆。有些年轻人比较聪明，会在爱人面前小心掩去之前的种种；有些人则比较大意，觉得已经过去的事，对方不会在意。要明白，虽然这段情感只属于你个人，你有权利保留；但爱情是排他的，再大度的人对于婚姻中的另一方，专一都是起码的要求。许多年轻夫妻会因为这样一些根本构不成威胁的"过往"而酿成风波，甚至危及彼此的关系。可以小心地守护这段记忆，但不要以此来考验爱人的承受力和宽容度，更不要因这段已经失败的经历而伤害了对方。

灰色空间

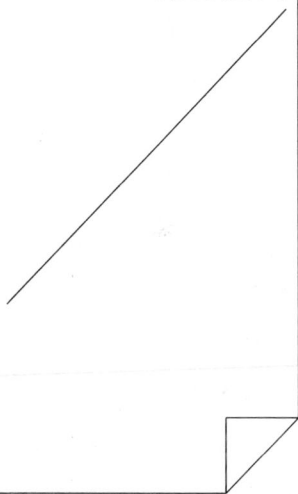

阿帆的丈夫年近四十，在同龄人中绝对是佼佼者。阿帆本人是一名都市白领，有很高的学位，不错的薪水，至今保持着年轻的外貌。读书的儿子成绩优秀，人见人夸。

看起来挺和美吧？

阿帆却画了一张图，将丈夫的时间与精力加以量化。她说丈夫的工作占了他生命的 70％，24％是家庭生活，6％是所谓"摸不清"的灰色部分。而这灰色部分则是丈夫和其他女人的情感与交往。

具体是哪个人，亲密到什么程度，阿帆没有证据。

她感觉到它的存在，很想挑破它，希望两人不仅是柴米油盐的物质夫妻，而且成为一生一世的精神伴侣。

然而，她又犹豫，担心丈夫会觉得被冒犯。

她感觉那冒犯是肯定的，很可能一发而不可收拾。

于是，阿帆很困扰。坚守心目中纯洁的爱情，就可能要推翻现有的一切，重新安顿未来的生活。离婚之类的问题都会提上日程。

怎么办？

阿帆是一位有教养有学识的知性女人，这类人通常感情细腻，性格自尊，轻易不会对他人暴露隐私。非到困惑得无法自拔时，才会以一种非常"安全"的方式求得帮助。她不会允许自己熟识的人知道这种隐痛。

于是，她隐去了真实身份，以电子信箱的方式向我求助。

客观地看，一个男人 70％ 的时间用于工作，剩余的 30％ 中，24％ 给了家庭，6％ 用于与其他女性的交往。这是一个相当合理的分配，甚至是很负责任的分配。即使是关系紧密的夫妻，也没有权利要求男人除了工作以外，百分之百献给家庭。

夫妻之间要有适度的空间。

当然这有一个前提，即 6％ 不是婚外情，只是与异性的一般交往。即使这种交往会产生感情，包括男女间的某些微妙反应，那仍然是正常的。

所谓"灰色"，就是不需要向配偶交代的空间，不需要透明的空间。这些活动属于隐私。现代文明要允许双方都有灰色空间，因为每个人都需要这样一个空间来解除和释放来自两种严肃的负责任的生活压力。

这两种压力一部分来自工作，一部分来自家庭。

我告诉阿帆，作为白领，你一定对工作的严肃性、紧张性和拼搏性深有体会，那常常是处心积虑的，是消耗人的。然而，你也许没有想到，严肃的压力还部分地来自家庭。家庭当然有休闲享受的一面，有爱情快乐的一面。然而，对于那些走过很长一段路并早已激情不再的婚姻，除了亲情之外，家庭往往还呈现出责任的一面、严肃的一面和尽义务的一面。

那么，一个成功的男人给自己安排一点灰色空间，用于放松和调剂自我是情有可原的。作为妻子，不要过于敏感，要淡化自己受到的刺激，更宽容、达观一点。

要这样想，有一个九十四分的丈夫足矣。

仅仅从经营家庭的角度，这种大度宽容都是必要的。一对夫妻几十年携手，风风雨雨，坎坎坷坷，再好的感情都不可能永远是一条向上的直线。只有在这个问题上的宽容大度，才可能使夫妻关系更健康更松弛，也更能够长居久安。

　　我建议阿帆，在不破坏婚姻和对方信任的前提下也为自己留出一点点有趣的空间，这样做会更充实，使自己不那么狭窄，不那么钻牛角尖，同时在更多方面获得女人的自信和成功感，也以此体会一下丈夫的 6％是什么样的感觉。

最尊重的方式是忘却

叶子近来遇到情感困扰，希望向我请教。

她告诉我，十六岁那年，喜欢上一个同学，男孩瘦瘦的、高高的，戴一副眼镜，斯斯文文。两人一起读完了初中，然后，他上高中，她读了中专。彼此一直书来信往。每年假期，叶子都会到男孩家里看他。男孩见到她的表现，让叶子确信他是喜欢自己的。其间两人并不常见面，但对男孩的思念贯穿了叶子的中专生活。

在男孩考上大学的那一年，两人失去了联系。

后来叶子嫁给了现在的丈夫。丈夫人很好,对家庭也有责任心,但叶子从丈夫身上找不到对那个男孩的感觉。叶子一直思念着那个男孩,写了厚厚的日记,一点一滴地记录她的思念。

前段时间,好不容易得到了他的联系方式,叶子迫不及待地告诉他自己多年来是如何想念他,希望和他见面。他很快回信了,告诉叶子他已经结婚,并且不希望和她见面,也不希望叶子再和他联络。然而,叶子对他的思念无法改变。虽然她不止一次告诉自己,只要他幸福就足够了。可是她却失去了快乐,再也无法开心。

叶子的信很长,最后问:"您能帮帮我吗?"

对于这类求助,我通常会比较踌躇。

一百个家庭就会有一百种生活状态。

情感问题并没有包治百病的良药,只能靠当事者自己的觉悟和把握。

况且叶子已是成年人,廉价的同情理解一类,对人没有帮助。

我这样告诉叶子,爱一个人爱到无法释怀,许多文学作品都讲过这样的故事。但生活很现实,人的一生亦很宝贵。为一个无法实现的目标毁了自己,毁了家庭,很不值得。

很多人都有过初恋。初恋很美好,初恋很纯洁。

但恰恰因为初恋的年轻和单纯，往往不会有结果。

虽然叶子在学生时代与那个男孩多有接触，甚至彼此生出好感，但双方从未明白表达过什么。那么，也许对方根本不知道叶子的这份感情，或许他只把叶子当作一般的异性朋友。否则，以现在资讯的发达，怎么会在读大学时失去联系呢？

其次，即使那位同学曾对叶子抱着同样的好感，但分开后的这些年未通过音讯，而大学对男孩展开的又是一个多么新鲜和丰富的生活，对方接下来的这些年找到爱人并且结婚，是顺理成章的事情。如果叶子只以旧友的身份与之联络，相信那个男孩会欣然接受。

然而叶子不顾对方的生活现状和感受，一上来就赤裸裸地表达了对他的爱恋并希望加强联系，至少会让对方吓一大跳。男孩已成了男人，并且有了妻子，当然有权利过自己想要的生活。得知叶子的感情，他会紧张，不愿意与叶子再发生任何形式的联系，这说明他珍惜自己的家庭，担心叶子的出现会使婚姻受到伤害。

情况如此明确，那么，叶子要做的，只是理性地处理好自己的这段感情，把它放在心灵的某一处封存起来。即使偶尔打开，也只是少女时代的一段温馨回忆。同时，把眼下的生活打点好。

叶子说自己的丈夫是个好人，对家庭也有责任感，能够找到这样的丈夫并不容易。那么，不轻视已经到手的幸福，呵护这个家庭使它更幸福，恐怕是最重要的。

许多人看过《红楼梦》，宝黛的故事成为经典。

两个年轻人被说成天造地设的一对，但现实使他们无法结合。于是，在贾宝玉大婚之日，林黛玉抑郁而死，这样的爱情可说感天动地。但在现实中，林黛玉并不值得效仿。

得不到自己所爱的人，自然很无奈。

但爱自己至少是应当做到的。

每个家庭其实都面临很现实的处境。我常爱说一句话，理想是要追求的，但理想化是不可取的。月亮虽好，但挂在天上，人是得不到的。

退一万步，真能把月亮捧在怀里，又有什么用？又能干什么？

初恋情人没有成为自己的丈夫，于是婚后还时时怀念着他。

面对内心的渴望与纠缠，到底该怎么办？

我以为，对于过去的感情和失去的恋人，有时最尊重的方式是忘却；怀念只是偶尔让自己好过而已，对于失去的感情和现在的人生都毫无意义。

永久的电子信箱

几年前，一位留学美国的年轻人阿男来信，诉说他正在遭遇的情感困扰。年轻人一年前回国与相恋多年的女友结了婚。因为签证困难，妻子只能暂时留在国内，他独自一人回到美国继续学业。

如同我们看到的许多故事一样，留守的小妻子因为寂寞而发生了婚外性行为。

在长久的内心冲突之后，妻子选择了坦白。

他们是在一次网上的彻夜长谈中将这件事谈出的，坦白的过程相当痛苦。得知真相的丈夫一时如五雷轰顶，失了方寸。他不知该怎样做，如果他不爱妻子，事情也好办，当下了断。如果他能包容妻子的过失，事情也好办，妻子已经忏悔了，以后好好过下去就是。然而，年轻人既深爱着妻子，不想失去家庭，又无法接受已经发生的事实。之后，他有如捞取救命稻草一样，试图用许多现代理论和说法缓解受到的冲击，但堵在心里的石头就是拿不掉。

在这种情况下，他写信求助，希望找到解脱的方法。

他说："柯老师，你一定要帮助我，我现在的情形用'度日如年'形容一点都不过分。"

怎样回信曾使我颇费踌躇，人生的道理他不仅明白，而且信中就说了很多。况且这样的伤害也不是几句话可以安慰的。

说实话，整个事情特别引起我注意的是妻子的诚实，妻子的做法在当今的"时尚"中并不多见。在预知后果可能会相当严重的情况下，她仍选择将真相告诉对方，她说："欺骗对你是不公平的"，"我宁肯因此失去你的爱，失去婚姻，都不后悔"。这倒让我有了尊重。通常我了解的故事是，出轨的一方会尽可能隐瞒婚外情，当夫妻相聚时，让曾经发生的一切被时间湮灭。

阿男告诉我，之前也有人给妻子出过这个主意，但她反复思量，还是不愿意这样做。这里，我不愿说她是单纯的，更想说她是勇敢的。她自省之所以出轨，只是因为第三方的关心，自己当时又太软弱。然而，她很快清醒了，知道那不是爱情，只是对温情的一种渴望。事情之后，她反而更珍惜彼此的爱情，而与对方彻底了断了。

妻子在说出真相的同时还表示，哪怕由此一生被丈夫谴责，永远背负着良心的十字架，她也心甘情愿，因为她要为自己的错误行为负责。

我觉得一个女孩能做到这样很不容易，她肯定为此挣扎过。

关于爱情和婚姻，社会上讨论很多，可说是人类永久的话题。毫无疑问，爱，是婚姻的必备条件，无爱的婚姻是不幸的。但仅有爱又是远远不够的。我想，两个人携手走过一生，除了爱，还需要理解与包容，还要有责任和义务。

当他决定和她结婚的时候，不仅是爱他（她）的长处，爱他（她）的美丽，还需要理解他（她）的弱点，包容他（她）的短处；不仅分享他（她）未来可能取得的成功，而且准备承担他（她）的过失带来的曲折甚至苦难。通常夫妻间对于对方的过失，如果是针对第三方的，还比较容易接受，但如果是针对自己的，往往会变得褊狭。

　　我以为，当人们相爱的时候，任何甜言蜜语、海誓山盟都非刻意的欺骗，那时的主观就是生死相依。但激情之所以被称作激情，即使是非常伟大的激情，相对于漫漫人生而言，也只能存在"短暂"的瞬间，相濡以沫的温情才是大多数家庭的真相。

　　我把上述看法告诉了阿男。

　　我说，这件事对你而言，只在于你是否还珍重这份感情，是否愿意信任妻子对你的爱。当然，即使接受了这件事，也并非不会痛苦。但多大的痛苦假以时日都会缓解，时间是最好的安慰剂。

　　同时，我还告诉他，如果你真的很爱妻子，并且愿意继续保持这段婚姻，那么，尽可能从未来的生活中排除掉这件事，尽量少想，也少与妻子谈起。因为每一次交谈都会重新撕裂伤口，对彼此造成伤害。

　　我祝愿这对年轻人能够在挫折中更珍重爱情，从而获得真正的幸福和快乐。

　　之后的一些日子，我与阿男有过多次通信。

　　结局是令人欣慰的。

　　在与妻子进行了哭哭笑笑、痛苦而又甜蜜的沟通之后，阿男告诉我："我现在想做的其实很简单，就是一心一意、至真至诚地爱我的妻子。"又说:"通过这件事,我和妻子的感情升华了。原来,人生是这么有趣。"

如今,这位年轻人还在异国他乡进行着人生的奋斗,也憧憬着与妻子团聚时的幸福与浪漫,他在最近的一封信中说:"您以后万一有什么事情要我帮您,可以直接告诉我,我会尽自己最大的努力。这是我的永久电子信箱,您随时都能从人海中把我挖出来。"

这的确是茫茫人海中一个温暖的信箱,我已将它小心地保存下来。

同时我还希望,永远不要因为求助而使用这个信箱。

恋父情结与怨妇暴力

一　女儿对父亲究竟有多大仇恨?

几年前,在国内多家媒体看到一则报道:十九岁的大学生王静本来拥有一个幸福的家庭——父亲是山东省国土资源厅干部,母亲在一所职业中专工作。然而这一切,在女儿"发现"父亲有了"另外的女人"之后,完全改变了。

一直以父亲为骄傲的王静当然不愿接受现实,在很长一段时间,她执着地希望留住父亲对家庭的感情,想方设法挽回父亲与母亲的关系。当所有的努力都告失败后，王静毅然选择了"战斗"。自 2005 年 6 月 13 日起，在整整一年的时间里，王静两次只身进京到中纪委举报父亲"包养二奶"的"恶行"，并强烈要求组织上"清除这个败类"。

虽然举报引起了有关部门的相当重视，但其后给出的结论却让王静无法接受。经反复调查，王静父亲并无"包二奶"的行为，因而也不可能对其做出任何惩罚。

举报无果，固执的王静并不气馁，又自办了"反二奶网"。面对记者的采访，王静指着电脑上那些揭露父亲的文字说："父亲节就要到了，这是我送给爸爸的特殊礼物！"

再说父亲。

，王静的父亲一方面仍然坚持离婚；另一方面，他选择了沉默。为了躲避媒体和女儿的纠缠，他甚至离开了原来的工作只身到另一座城市生活。当他终于决定面对媒体时，语调平静："要是去年或者前年提到这事，我的眼泪会哗哗地流，但现在不会，流给谁看呢？你看看我的头发，就是这三年白的；你看看这皱纹，就是这三年添的；你看看这胳膊，瘦成了这个样子……生不如死啊！"

王静的父亲向记者坦言："我们父女俩感情很深，她从小就很信任我，一些女孩子的事也跟爸爸说，甚至不跟她妈妈讲。她上学忙的时候，我每天都去食堂买了菜给她送上楼去，后来不住在一块儿了，我还经常去学校门口守候着，等她放学了一块儿去饭店，点上两个菜，爷俩聊会儿天。有一次我过生日，买了四个菜去找女儿，我问她：'你还记得今天是什么日子吗？'她说不记得了，我说：'是你爸爸的生日。'然后我就落泪了，女儿也跟着我落泪。"

我们在这段与女儿关系的陈述中可以读到另一番意思，王静的父亲与妻子并不亲密。

记者再问："您和妻子的矛盾已经三年了，为什么从没见您发表过看法呢？"

王静的父亲说："我是为了女儿啊。我们是有血缘关系的，将来她总会有长大成人那一天。要是那时候人家都议论她告父亲这件事，会对她造成什么影响？再说她是个女孩子，将来还要嫁人，男朋友会怎么想？"

当记者再将这些信息传达过来时，王静斩钉截铁地表示："将来爸爸进了监狱，我会去监狱看他，因为他永远都是我的爸爸，但我不允许他在外边'包二奶'。"

此事在媒体关注下被迅速放大，成为一个事件。《信息时报》与搜狐网更推出联合调查："女儿举报父亲'包二奶'"，对于王静的行为，您有什么看法？参与调查的人意见纷争。有支持王静的，觉得就该大义灭亲；也有认为王静的行为太过极端，不应以如此手段伤害父亲。

为什么本来只涉及一个家庭内夫妻父女关系的事会在全国引起这么大的新闻热潮呢？想来并不奇怪，在这则新闻中，不仅有"包二奶"、"反腐败"这些响亮词汇，还有"女儿状告父亲"这样的特殊情节，它尤其刺激奇特，自然容易成为新闻。

在依靠"组织"惩罚父亲的愿望不得实现时，王静采取了更为极端的手段，将父亲的"丑行"公布在网上，并使用了爆炸性标题"父亲不如西门庆"。

西门庆何许人也？

这是一个在中国妇孺皆知的反面人物。在《水浒传》中，是遭人唾弃的人。而在《金瓶梅》中，西门庆更是风流成性，妻妾成群，醉生梦死，生活奢靡。

王静对父亲究竟有多大仇恨，使她不惜用这样的狠话伤害父亲？她与父亲，她的父亲与母亲之间究竟发生了什么，其中的许多细节外人难以揣测。然而，随着时间的推移，事件脉络已大致尘埃落定。在舆论的如此高压下，在中纪委的督促下，至少现在可以证明，一、父亲并不腐败，二、父亲并没有"包二奶"。在女儿指控的意义上，父亲已被证明其清白。"父亲不如西门庆"不仅是夸大其词，甚至可以说"父亲根本就不是西门庆"。

那么，女儿为什么还要用如此极端的方式向父亲开火？

原因在什么地方？

二 恋父情结与怨妇暴力

我们注意到，在对王静的采访中，她曾说过一句话："宁毁爸爸的前途，不毁这个家。"

这就说得很明白了，道出了王静全部行为的心理基础。

这个世界上，女人对自己所爱的男人——或是丈夫，或是父亲，或是恋人，她投入的爱越多，越可能产生一个逻辑——爱不成，就转化为巨大的仇恨。她爱对方的宗旨，就是要求对方属于自己。如果达不到这个目的，她宁肯毁掉对方。

这使我想起一个流传很广的民间故事。

有一位英俊勇敢的勇士，由于触犯国王被抓了起来。国王很仁慈，让勇士自己对命运做出选择：第二天早晨勇士将被押到一个角斗场。角斗场有两个小门，一个小门通向铁笼，那里等待着几头饿狮，会在瞬间将赤身裸体的勇士撕碎，吃得连骨头都不剩。另一个小门通向一个布置华美的新房，美丽的公主将盛装等在那里准备做勇士的妻子。

然而，谁也不知道两个门后是怎样的情景。

最后一夜勇士被关在监狱里，送饭的是国王最信任的一位使女。

使女一直深深爱着勇士，只有她知道国王将如何布置角斗场上的两个小门。那么，当使女见到勇士的时候，她会指示他走哪个门呢？是让他去送死，还是让他得到公主？为了救出心爱的人，使勇士活下去，她只能失去他，让他成为另一个女人的丈夫。如果她想让勇士只属于自己，就可能将通向狮笼的门指给勇士。

这就是使女面临的选择。

这个故事同时还是一种心理测试，不同的女人会做出不同

在对王静的采访中，她说过这样一段话："我是占有欲很强的人，即使这个家庭是个空壳子，我也要这个空壳子。我要让我的父亲回来。"

这特别表明了这个女孩的一种心理情结。

如果父亲不爱她了，去爱别人，她宁肯毁掉他。

推而广之，如果一个曾爱她的男人不爱她了，不能继续成为她的丈夫或者爱人，他去爱别人了，她也宁可毁掉他。

并不是所有的女孩都这样对待自己所爱的男人。也有另

一种情况，为了所爱男人的幸福，她宁肯失去他，也不会加害于他。这样的情结在童话故事《海的女儿》中有清晰的表现。

此外，关于王静状告父亲，除了这个女孩的个性外，还有一个值得担心的社会共性。

恋父情结是人类普遍的心理情结，这种情结即使在关系正常健康的父女之间也同样存在。但今天的中国是一个独生子女的年代，女儿与父亲的关系往往更为紧密。从心理学意义上讲，这种家庭中女儿的恋父情结会特别深重。

如此深重的恋父情结，已经造成一种普遍的社会现象。我们经常看到女孩走向社会以后，不太愿意也不大容易和自己年龄相当的男孩谈情说爱。一些女孩选择跨代婚姻，找年龄大自己几十岁甚至二三倍的成功男士组成家庭。一方面，由于女方不需要人生原始积累的奋斗，可以直接享受对方成功的成果；另一方面，由于男人成熟，年龄偏大，自然会对女方有父亲般的呵护。这样的家庭模式会使女孩的恋父情结得到充分满足，能在丈夫身边继续扮演小鸟依人的角色。

王静的行为只是这个恋父情结浓重的历史阶段中更加极端的表现。

因此，她的故事既带有特殊性，也还有一般性。

三 更伟大的父爱

那么，这类比较容易极端处理爱恨主题的女孩，其心理模式会不会改变？

一方面，改变是比较困难的。

可以想象，当这样的女孩在面对婚恋时，对她所爱的男人有可能重复这样的模式：她会限制男友或者丈夫与其他女性的正常交往。如果男友或者丈夫与其他女性稍有亲密，她不会容忍，更不会容忍出轨现象。

和这类女孩组成家庭的男性要有足够的心理准备。她会对你好，会很专一，但她同时会有很强的控制欲。

并且，她会可以不惜毁掉对方，以捍卫自己的占有欲。

另一方面，虽然改变比较困难，但也不是改变不了。

什么因素能够促使一种心理模式的改变呢？是明白这种心理模式导致的行为模式会给自己带来人生的损失。

王静对父亲的行为已经带给她很大的损失，既伤害了父亲，也损害了自己。当事实真相被逐渐披露后，大多数人认为王静的行为是过激的。

随着生活的磨炼，一次又一次付出的生活成本也许终会让

王静认识到，这样做并不符合自己的人生根本利益。这才能够
对这种心理行为模式有所抑制。

对于王静，我们还有这样几句话。

她是一个聪明正直的女孩，敢爱敢恨。虽然我们不赞成她
对父亲的行为，但这并不说明王静的品质不好。她是从她的道
德良知的准则出发弘扬正义的，她并没有心理的阴暗。从她自
建的网站上也可以看出她的才华和韧性。希望这个女孩能够更
早地认识自己的心理特征，在今后的人生道路上，如何对待自
己，如何对待父亲，如何对待今后的恋人，都有更清醒的自我
认识。

同时，在未来的婚恋选择上，找到符合自己心理特征的
选择。

与她相伴的人，应当更宽厚，更忠诚。

再想说的，就是对父亲们的一点告诫。

在享受女儿的依恋时，要对女儿长久的人格成长负责。在
亲情的表达与宣泄上保持适度的克制，可能是更伟大的父爱。
让女儿拥有自己的精神世界，爱父亲又不依赖父亲。当女儿终
有一天离开父亲独自面对生活时，知道怎样寻找自己的幸福。

青涩初恋因遥远而美丽

一　我能赴这个约会吗

晓芙是个幸运的中年女人，她这样叙述自己面临的困惑：

有一位被丈夫宠爱有加的妻子，同时又是一位自豪的母亲，被心头一桩尘封不了的往事困扰着，她需要你的帮助。

事情大概是这样的：她曾经错过星星又错过月亮，如今万水千山走遍，蓦然回首，发现那人还在梦中。她的这位已然不再年轻的初恋少年人正在遥远的地方频频呼唤，他希望同样青春不再的她与之见上一面。

您说，她该赴这个约会吗？能赴这个约会吗？

二　美好的回忆总是充满欺骗性

面对晓芙的问题，我先提了一问："看过鲁迅的《社戏》吗？"

晓芙是个聪明女人，一听问题，先笑了，显然已明白我的意思。

鲁迅先生在《社戏》中写到一段童年经历，一群快乐的孩子夜晚摇着小船到邻村看戏。远远的一片黑暗中唯有舞台大放光明，随着锣鼓声从后台走出一个又一个呆板而又不知所以然的人物唱唱念念。孩子们耐着性子看了很久，在索然无味中哈欠连天，终于决定告别这出恐怕到天明也唱不完的大戏。归途中孩子们觉得饿了，就近剥地里偷了大捧的罗汉豆，在船上边剥边煮，直到回家。

许多年之后，回忆起这段生活的鲁迅已成为举世闻名的作家，不仅东渡去过日本，并且长期在北京、上海、广州这样的大都市生活，不知有多少机会吃到各种美食，观看精彩的戏剧。

然而，我问晓芙："鲁迅在文章的结尾是怎样写的？"

晓芙对这个故事非常熟悉，说出了鲁迅的原话："真的，一直到现在，我实在再没有吃到那夜似的好豆——也不再看到那夜似的好戏了。"

显然，这段开场白已经使我和晓芙有了沟通的基础。

我接着问："听说过'珍珠翡翠白玉汤'的故事吗?"

晓芙又笑了："当然。"

一个书生在穷困潦倒、贫病交加时吃到好心婆婆相赠的一碗粗茶淡饭，日后富贵了，吃遍了天下美食，却觉得都无法与自己当年吃到的那碗白菜汤相比。于是下令厨子按他的记忆重做这道美食。然而无论厨子怎样努力，使尽了浑身解数也无法还原他的记忆。

三　春风得意的男人通常不会

晓芙似乎已经猜到了我想说什么。

我告诉她，一个人不论现实婚姻是否幸福，都不妨碍他心中对初恋的记忆。每个人都有过初恋。有些初恋是实实在在的恋爱，有些则可能只是少年人的一点心动，一丝遐想，一次短短的散步，一个说不上意味的目光。

这些都可能沉淀于心底。

如梦如幻的初恋感觉是那个年龄的特质。

然而，就好像童年中的美食和游戏，一定不要相信成年后的记忆。重温的结果往往会大失所望，不但一定不会带给你当年的感受，有时恰恰截然相反。

事隔多年后重温初恋尤其如此，约会的最大可能是把曾经的梦幻记忆破坏掉。

这时，受到破坏的不仅是你对对方的梦幻记忆，还可能同时破坏了对方对你的梦幻记忆。在这一点，女人尤其要谨慎。客观地说，岁月对女人外貌的破坏往往更为惨烈。孩子已经成年，生活即使再安逸，自己再会保养，记忆中的少女也是青春不再了。

而对方呢，经过岁月的沉淀，他不再是那个意气风发的理想少年，他可能变得很世俗，也可能很颓唐。通常来说，一个在生活中春风得意的男人不会特别留恋旧日的女友。

我说，"这样，你的失望几乎是可以预知的。"

接下来，如果说你对对方的失望还只是单纯的失望，那么，几十年不见，对方对你的失望还可能造成对你自尊心的打击。而这，也是要有心理准备的。

当然，如果彼此都抱有平常心，作为很正常的交往倒也无妨。

但如你所说，对方频频发出的呼唤显然带着某种心理预期，退一万步说，假如再次见面彼此都不失望，是否会引来某种新的复杂的情感关系，比如对方提出重温旧梦的要求？

这种代价也是要估计在内的。

作为一个被宠爱的妻子，即使你不将这种约会告诉丈夫，那么，当你面对家庭和孩子时，会不会有某种歉疚和不安？

假如所有的这些可能都考虑到了，假如你对梦幻般的记忆被破坏有精神准备，假如你对对方的失望对自己的精神打击有精神准备，假如你对丈夫得知此事后的心理失衡有精神准备，那么，可以去。

晓芙静静地想了一会儿，说："其实，答案已经有了。"

我点头："是的。这样的约会赴了又能怎样，只为让梦破碎吗？"

的轨迹行走。这么多年了，除了相思，还有多少话可说？

用错过星星错过月亮形容远去的初恋，也许再贴切不过。星星和月亮的美丽常常让人生出遐想，但它们呈现出的美丽仅仅是因为遥远。如果知道闪烁的星空不过是一颗颗并不发光的巨石，你还会那么渴望拥有吗？

青涩的初恋体验由于大部分无果而终而倍显甜蜜。既然是梦，就让它永远留在梦中陪伴自己吧。

当爱已成往事

《北京晚报》不久前连载了我的新书《婚姻诊所》，珊珊的父母是这份报纸的订户，她自然也看到了相关文字。读着读着，珊珊上网查到了我的邮箱，说正遭遇"棘手的感情问题"，希望得到帮助。

几次通信后，我们约在书店咖啡厅见面。

珊珊出生在教师家庭，从小到大的成长环境一直很单纯，之前的感情世界一片空白，直到不久前经朋友介绍认识了一个男孩。

像所有的女孩一样，珊珊也幻想过自己的爱情，期待着那些激情和浪漫。与男孩的认识和交往显得平平静静，与曾经的梦想相距很远，珊珊不免有些不叫失望的失望。

这天恰逢周末，两人吃过饭一起去了公园。不知出于什么⋯⋯

那是男孩的初恋，从初中开始，直到大学毕业。其间起起伏伏，绵延近十年。

男孩讲，珊珊听。开始还算平静，但听着听着，珊珊心里就开始难过。虽然理智上明白男孩的感情世界不会空白，但如此缠绵，如此刻骨铭心，却大大出乎她的意料。

男孩一一历数那些无法忘怀的细节，说初中时怎样望着女孩的座位发呆，以至连老师的提问都没有听见；大学期间，因为父母并不看好他和女孩的关系，他曾多次关掉手机，不理父母的劝告。一天半夜正在熟睡，男孩突然接到电话，女孩在外地实习时钱包被偷，独自在一个小车站着急。他二话不说跑到火车站，乘最近一班火车赶到女孩身边。

随着男孩的讲述，珊珊觉得和他越来越远。

就好像在观看一部爱情电影，和自己没有什么关系。

那天回到家中，珊珊躺到床上，男孩讲过的故事一幕幕浮现在眼前，她忽然觉得自己有些多余，不过是另一女孩的替代品而已。男孩现在已经年近三十，早已远离了纯真，他永远也不会像那个年龄一样，为了爱情做种种可爱而又可笑的努力。

……与那些珍贵的细节和作为神话素材……

……会不到了。

曾经的初恋占有了男孩最珍贵的记忆，之后他不会再那么做了。

明白了这些，珊珊悄悄地哭了。

珊珊说："柯老师，我在信中已经把我的情况和担忧说了，希望您能帮我解惑。"

我问："既然男孩的初恋刻骨铭心，为什么两个人最终没能走到一起?"

珊珊迟疑了一下:"大概因为女孩不像男孩喜欢她那样喜欢男孩吧。"

我点头:"既然是这样,说明他们本来就是并不合适的一对。你之所以感到痛苦,是女人共有的一种心理——嫉妒。"

珊珊不好意思地一笑:"我确实有点嫉妒那个女孩呢。"

我说:"没有必要嫉妒不成功的爱情经历,拿这件事折磨自己。"

天下有一种很奇怪的规律,男女相爱,如果有一方特别主动,另一方又比较被动,反而会刺激追求者的主动心理。一个男孩爱上一个女孩,女孩半推半就,男孩可能更锲而不舍。也许当初女孩爽快地答应了男孩,男孩的热情反而会下降呢。

珊珊听了我的分析,似乎有点释然。她沉默了一会儿,又说:"即使知道男孩和那个女孩并不合适,我心里还是有障碍。他为了那个女孩可以魂牵梦绕,但对我……"

我打断她:"这有什么可遗憾的,为什么一定要让男孩魂牵梦绕呢?"

珊珊说:"我从小喜欢看书,看过很多文学名著,深刻的爱情总是令人魂牵梦绕的。"

我说:"是的,但那只是事物的一个方面。生活中的恋爱与婚姻不一定都令人魂牵梦绕。"

一些比较幸福的、一见钟情的、一拍即合的恋爱和婚姻，不一定有魂牵梦绕的特点。两人一见面就觉得彼此很合适，你喜欢我，我也喜欢你，很快就手拉手上街呀，玩耍呀，接下来就筹备结婚，整个过程非常和谐，任何一方都没有为追求对方特别痛苦过，这样的关系就不大容易魂牵梦绕。

珊珊问："什么样的情况下才会魂牵梦绕呢？"

我说："魂牵梦绕通常是在遇到阻力的情况下。譬如梁山伯与祝英台，婚姻受到家庭的反对。还有各种不能实现的爱情悲剧，包括一些有欠缺的恋爱，都有可能魂牵梦绕。"

一个比较理想的完美婚姻，不一定要追求魂牵梦绕的特征，不一定要对方表现痛苦，从而实现自己感情上的满足和刺激。说句笑话，如果你们现在特别相爱，这时出现外部因素的干扰，比如一方或双方家长的不认可，魂牵梦绕就登场了。

此外，魂牵梦绕还常常发生在比较幼稚的年龄，是初恋会有的特征。很多中学生早恋都会魂牵梦绕，那是因为家长反对，社会反对，老师反对，一般的社会舆论反对，两个少年未来能不能走到一起，根本看不到前景，稚嫩的感情又无法掌控，难免会魂牵梦绕。

他们会留下一些美好的记忆，但那不是现实的、可能导致婚姻的爱情。

这种魂牵梦绕的初恋将随着一个人的成长和成熟而告别。

所以，男友的初恋，那些年少时幼稚的冲动是不值得嫉妒的。男友现在长大了，他现在对于婚姻的选择肯定是比较理性也比较到位的，对你的魂牵梦绕自然会少一些，不要为此遗憾。

第四辑
修身养性

走出心灵的地狱

一位抑郁症患者来信，诉说自己的苦恼。

他是家中独子，从小胆小，体质差，因此十分自卑。开始还算乖孩子，但上初中后成绩渐渐跟不上，特别是初三降级后性情大变，给人轻浮、外向的印象。十八岁上高二时发病，乱砸东西，情绪不受控制，二十一岁被诊断为抑郁症和神经衰弱，之后精神时好时坏，只好休学在家，二十三岁被诊断为精神分裂症，此后一直靠吃药维持。他希望自己能消除心理疾病和精神障碍，换一种全新的生活。年轻人随信转来一篇文章

《一个健康人是怎样变成精神病患者的》，自称和文中主人公有类似之处。

文章说，把一个健康人变成精神病患者就像把一棵小树变成大树一样，需要"精心培养"。首先是在这人小时候，家长要非常的溺爱。如果这人刚好还跟着爷爷奶奶或者外公外婆住过一段，那么得到的溺爱就更加深厚。用不着这人操半点心。家里所有的好东西首先归这人享受，再多的钱花在这人身上也在所不惜。这人受到的待遇跟以前的皇帝差不多，所以被称作小皇帝。

从幼儿园开始，家长们更加全力以赴，从选择学校到兴趣爱好，从衣食住行到功课学习，家长们尽其所能帮助这人往好里奔，只要这人的考试成绩是优良的，家长们就非常满意了。当然这人有时候会比较任性、骄横，自尊心特别强，不能承受任何的挫折和打击，但家长们往往是该忽略就忽略，该迁就就迁就。有时候这人又表现出比较内向、不合群、敏感多疑等特点，这也不算什么大问题。反正这棵树是被家长们放在温室里精心培养出来的，不像野外那些没人管的树，难免遭到风霜雨雪的侵袭。

接着到了身体发育时期，这人进了初中和高中，忽然被一件事情打击了，可能是因为功课，或者早恋，或者和同学老师的关系没有处理好，或者是面临高考的压力，这人有时闷闷不乐，有时脾气古怪，有时茶饭不思，有时烦躁不安，学习成绩也下降了。家长们忧心忡忡，买回各种高级营养品让这人吃下去，在生活方面也做到了无微不至的地步，但并没有产生什么效果。

再过一段时间，这人的体质更差了，家长看着自己的心肝宝贝一天一天消瘦下去，心疼得不行，于是开始寻医问药了。因为声誉和面子问题，开始是不会带这人去找心理医生的，但会通过熟人咨询一下，结果一些医生就会告诉家长们，让这人吃几颗安眠药就行了。这人虽然吃了安眠药睡着了，但身体状况并没有得到改善，反而变得浑身乏力、反应迟缓，整天无精打采的。

又过了一段时间，这人的行为开始出现异常，有时幻听幻觉，有时出现强迫症状，有时烦躁焦虑，有时恐慌不安，当然有时还要打人、砸东西，做出一些稀奇古怪的动作来。家长们一看糟了，赶紧往精神病医院送。医生诊断为强迫症、抑郁症、精神分裂症等。就这样在医院住上一段时间，医生告知可以带这人出院了。

事情的发展并不乐观。这人回家以后虽然每天按时吃药，但是随着时间的推移，副作用又出现了。这人开始记忆力衰退、流口水、肥胖或消瘦、浑身乏力、手脚发抖等，家长们赶紧再次把这人送进精神病院，医生的手段是让这人服下超大剂量的药物，外加体内注射针剂，终于又把症状控制住了。

过一段时间，这人又被带回家，继续服用更多的药物，副作用也更加明显了。而且过一段时间又会发病，然后又被送进精神病院。就这样来来往往几次之后，这人终于变成了一个痴傻呆鸶、迟钝木然的精神病患者，被家长像宠物一样养着，像菩萨一样供着，如果一点点要求没有得到满足，就做出割脉、跳楼、撞墙、上吊之类的自杀举动，搞得全家人心惶惶、鸡犬不宁。

这是一篇令人震惊的文字，简述了一个年轻人怎样在溺爱中一步步走向病态的深渊。对于中国的独生子女家庭而言，相信文章叙述的情景并不陌生。许多父母固执地认为，只要给孩子提供优越的物质条件，所谓衣来伸手、饭来张口，再辅以奥数、英语、钢琴、体操等课外训练，就算给他铺就了幸福的人生坦途，殊不知不恰当的家庭教育只会害了孩子。有关溺爱产生的悲剧，现今社会可以说是比比皆是，可惜并没有引起应有的重视。许多家长仍然前赴后继地在这条路上苦苦挣扎和奔走着。

我常说一句话，孩子有问题，责任在父母。

怎样教育孩子，是许多家长必须学习的一门功课。

自在是人生的最高境界

　　我们在生活中常常看到这样一些人，喜欢抱怨，常有不满：抱怨环境，抱怨生活，抱怨社会，抱怨人事。

　　当然，从社会学的角度不应该绝对地否定抱怨。比如对贪污腐败的抱怨，对贫富差距过大的抱怨，对环境污染的抱怨，对法制不健全的抱怨，等等。民众的某些抱怨是社会发展的正常压力。天才的政治家懂得如何引导民众的抱怨，把它变成社会进步的推动力。

　　同样，在小一些的范围，人们对自身生存环境的某种抱怨也会成为一种正面的力量。比如一般职员对公司管理混乱的抱怨，会提醒有关方面加强管理。

但我在这里想讲的却是如何不抱怨，如何不发愁。

有一则关于禅的小故事。

老太太有两个女儿，一个女儿卖鞋，一个女儿卖伞。下雨的时候，老太太会牵挂卖鞋的女儿，觉得落雨天鞋不好卖，于是发愁。天晴了，老太太又牵挂卖伞的女儿，觉得天晴了伞又不好卖了，更加发愁。这样愁来愁去，时间长了，老太太身上就有了很多病。

这一天，她去寺院请教一位禅师。禅师告诉老太太，想解决这个问题，方法很简单。每当下雨的时候，你就想一想卖伞的女儿。因为下雨天许多人去买伞，女儿的生意会好，你就为卖伞的女儿高兴；等到天晴了，你就想一想卖鞋的女儿。因为天晴的日子许多人要出门，卖鞋的生意会好，你就为卖鞋的女儿高兴。这样，无论天晴下雨，你每天都为一个女儿高兴，天天高兴，你的病自然也就没了。

老太太得了这句话，从此以后每天高高兴兴地生活，身体真的渐渐好起来了。

事情很简单，老太太的生活没有任何外在的变化。然而，当她的观念发生变化时，就由日日发愁变为日日高兴，原来使她悲哀的原因成为幸福的源泉。

这就是禅的意境。

真正的禅并不要求自欺欺人，它是一种正确的思想方法，指导人对待生活的新态度。

还有一则禅的故事。

一个人被老虎追赶，情急中攀上悬崖绝壁的一根枯藤。这时，老虎在下面咆哮，这个人紧紧抓住枯藤不敢松手。在万分紧急的时刻他猛然抬起头，看见悬崖上一只老鼠正在啃这根枯藤，已经啃了一大半，很快就会啃断。一旦枯藤被啃断，他一定会掉下去被老虎吃掉。

那么，面对此种险境，这个人是怎样反应的呢？

他突然发现眼前的绝壁中有一棵鲜艳的草莓。这时，他忘了下面正在咆哮的老虎，忘了上面正在啃藤的老鼠，而是伸出一只手摘下那棵草莓放在嘴里。

希望朋友们体会这个故事中包含的生活真理。

也许用不了多久，枯藤就被老鼠咬断了。那时他掉下去可能会被老虎吃掉；当然，他还可能奋力和老虎拼搏，最终把老虎打死。

然而无论哪种情况，都是下一步的事情。

在绳枯藤未断的这段时间，他的所有发愁、恐惧都是没有用处的额外支出。

禅的意境是什么？就是懂得享受此时的幸福和快乐，将要发生的事情待发生时再说。

生活也是这样，人们常常被一些额外的、不必要的心理压力所困扰。人的许多累并不是纯粹的工作疲劳，而是工作之外的额外支出。

比如写作，当然是件辛苦事，但写作之前一个人往往会想，这篇文章应当有怎样的主题，怎样既能契合大众的阅读口味又能达到精英水准，寄给编辑部能不能被采用。文章以外的种种考虑有时比写一篇文章更给人添累。

那么，好的状态是什么呢？

当你提笔写作时当然可以有种种考虑，比如要把它写好写精彩。但只把写好写精彩作为努力的方向，同时抛开种种功利目的的考虑，尽可能做到酣畅淋漓的表达。

这样写的结果，反而会很精彩。

因为不怕失败，结果反而少失败。

当然，在一个竞争激烈的社会，人生完全不讲功利、不讲成功，是不现实的。

人生要成功吗？要成功。

只讲成功可以吗？显然不可以。

还要什么呢？还要健康。

没有健康，成功无以依托，也不能持久。

有了成功和健康，就可以了吗？

还没有达到最好的状态。

最好的状态是什么？自在。

"自在"代表人生的最高境界。

我曾看过一首年轻人写的诗：

我落到哪里并不重要；重要的是：有过声音、速度和光亮。

从文学上讲，这首诗很有意味，表达了一点预支的人生忧虑、潇洒和解脱，还有一点点自我安慰和带有人生哲理的宗教情绪，有言不尽的东西。

然而，如果从自在人生的角度讲，我可能要把它改几个字。

这首诗的第三句说"有过声音、速度和光亮"，那么，它的意思可能是，现在是什么样子并不重要，或者说将来是什么样子也不重要了，只要有过就可以了。

禅讲"自在"。从禅的意义上讲，重要的是什么？

不是"有过"。因此，我对这首诗的改动是：

我落到哪里并不重要；重要的是：现在的声音、速度和光亮。

永远重视现在，重视当下。就像处在险境中的这个人，即使上有老鼠啃藤，下有老虎咆哮，他仍然从容地将那棵鲜艳的草莓放进嘴里。

这一瞬间，他达到了永恒的快乐。

《论语》的读法

　　朋友中不少人喜欢《论语》，彼此交流时探讨的首要问题是《论语》的读法。有两种读法引人注意。

　　一种，是把孔子"圣人"化，许多儒学大家这样读。"天不生仲尼，万古如长夜"就表达了这种推崇。"圣人"化的读法常常能够使人领悟到孔子学说很深刻的真谛，那是一般人领悟不到的。只是在把孔子"圣人"化的过程中，有时也会偏离历史和人物的某些真实，看不到孔子既是圣人又是普通人，看不到孔子如何从一个普通人成长为圣人的真实轨迹。这种读法无疑是崇尚传统的，是尊古的。他们中的极端派别和人士有时可能表现得过于迂腐。

另一种读法是"去圣"化，从哲学、思想和历史的角度解构孔子和儒家学说。这种读法打破迷信，在许多方面涤荡了几千年来将孔子学说迂腐化的污泥，在某种程度上还原了历史真实，使人们看到孔子普通人的一面。这种读法也有偏颇，往往不能领会孔子和儒家学说的精神奥秘。虽然他们从社会批判的角度对儒学的历史地位做出了种种分析，但是对其缺乏身体力行的真实体验，在对《论语》的"解构"中，有时会把一些深刻的道理图解得十分可笑。这个人群一般是反传统的，薄古的。最极端的说法是："孔子死了，中国传统文化本该后继无人。"

那么，什么是对《论语》的正确读法呢？

我以为是上述两种读法的结合。既从哲学、思想和历史的角度分析儒家学说产生的根源和背景，包括看清楚孔子本人的人生轨迹，诸如分析他成长的经历、当时的社会现状等（在这个意义上，读孔子可以是"去圣"的）；同时还必须看到孔子的伟大，承认他是个了不起的圣人，有着一般人远无法企及的精神境。孔子是从普通人中"千锤百炼"成长起来的圣人。作为普通人，难免有他的局限；作为圣人，孔子的精神是永恒的。我赞同儒学大家陈颐的观点，读《论语》，如果你读之前是那个人，读完之后还是那个人，就从根本上不会读《论语》。我对《论语》的读法是，除了以历史和思想的眼光看清孔子学说的来龙去脉，更重要的是真正领会并身体力行，化为自己的人格。

子曰："学而时习之，不亦说乎？有朋自远方来，不亦乐乎？人不知而不愠，不亦君子乎？"这是《论语》开篇的第一句话，何其普通，又何其意味深长。"学而时习之，不亦说乎？"包含了一种以学习为幸福的快乐情操，这是一种值得赞扬和向往的精神境界。"有朋自远方来，不亦乐乎？"因为你学习了，有知识有本领，就有朋友从远方来交流切磋，这句话进一步丰富了以学习为幸福、为快乐的概念。接下来的话特别重要："人不知而不愠，不亦君子乎？"你虽然有学问有本事，但不被世人和环境理解，这时怎么办呢？孔子的教导是，不生气，不怨恨，这才是君子，这才是高水平的表现。

孔子的每一个教导都如同这句话，是他阅读历史和探究当代总结出来的，不仅是理论，更是他切身的体验。孔子作为一个普通人，特别是从小就社会地位低下的普通人，一定经常身处不被人理解的困境，他在《论语》中也发出"莫我知也夫"的感叹。在发出这种感叹的同时，孔子也多次谈到"人不知而不愠"，即不怕别人不理解，不怕别人不知道。"人不知而不愠"，从最低层次讲，可以减少自己不被理解时的心理伤害；高一个层次，可以使自己努力提高，更有作为；再高一个层次，能带给人完整的信仰力量。孔子把它提炼为一种时尚的美德：即使你得不到理解，也依然乐而"不愠"，于是你成长了，更坚强了，你也便有更多的朋友自远方来了。

读《论语》，学以致用，身体力行，才会"实受其福"，才能找到安抚自己灵魂与造福社会的精神依托。

生命的道理

　　求生是本能，生命的道理还要学习吗？是的。虽然求生是生命的本能，但许多人并不知道爱护生命，甚至可能不自觉地做出一些残害生命的事情。

　　几年前，我认识了一位晚期肝癌患者。此前，他已历经多种医学治疗但效果不明显，特意从南方来到北京继续求医。他希望我推荐一些好的养生健身方式。

　　见面后，我们先聊起他从小的经历：他说自己小时候很苦，母亲带大他非常不容易，所以，他从小就埋下要耀祖荣宗的强烈愿望，名牌大学毕业后，一直拼命地做事，也拼命地提高自己的社会地位……如愿以偿，比起同年龄人，他算成功者。

然而，代价也很大。近几年他经常是带着吊瓶去开会，身体越来越差。

我说："一般人会把这样带病工作当作美德来赞扬。"

他承认，这样玩命地做事，在他工作的系统内，一直是被当作模范看待的。

我却摇头说："我不赞成这样的'模范'。这里暴露出两个问题。第一，你挂着吊瓶带病工作，是为了耀祖荣宗。但这样做的结果却残害了自己的生命，会让母亲多么失望。这说明你对生命的态度本身是错误的。第二，为什么要把带病工作当作美德呢？这里有多少是合理的，又有多少是误区呢？为什么不把健康地工作当作美德呢？"他有些激动："我的同学中有人都当到了部长级干部，而我离他们还差好几级。我不能没有压力啊！"我说："你病成这样了还这样讲话，不糊涂吗？你说拼命工作是为了事业，但这个事业说穿了是什么呢？无非是人生的功利。你为什么到今天还执迷不悟呢？"

他叹了口气："有时看到自己坐的车不如人家，心里就很难平衡。"

这样我们就谈到了他的病，包括他正在进行的治疗。我鼓励他："你很清醒，也很有勇气，了解自己患病的真实情况。肝癌晚期的确很难治，但现在医学技术发达，再辅以各种养生健身手段，国内外也不乏康复的例子，因此你不要放弃希望。但有一点，这希望唯在你自己手中掌握着。如果你今天还执迷于别人的官有多大，坐的车多豪华，看不到自己生命的宝贵，那么，任何治疗手段都不可能奏效。"

他低下头想了想说："我的生活方式有问题……我要改变自己。"

我于是送给他一句话，《孙子兵法》中的"陷之死地而后生"。我说："你现在没有别的选择，只有一个出路，从今天起，要放下心头的各种执着，什么地位了，级别了，房子了，汽车了，都不要在乎，要下决心丢掉一切折磨自己的事情，去寻找被掩埋的生命力。这是一场生死决战，你必须下定决心，使自己心头没有任何破坏生命的污染，要脱胎换骨。"

他十分激动，表示要痛下决心，要找回自己的健康来。

然而，这位朋友的疾病已到晚期，几十年的思维模式也不是很容易变的，那种"比上不足"的"相对贫困"感总像鞭子一样每天抽打着他，到了生命的最后时刻也难彻底摆脱纠缠他的欲望与不平衡心理。几个月后这位朋友病逝，终年五十多岁，我替他惋惜。

　　人为什么得病，除了许多自然原因，如自然灾害、病毒传播、先天遗传等，也和自身对生命的态度有关。伍子胥"一夜愁白头"的故事在中国妇孺皆知，而"人逢喜事精神爽"、"笑一笑十年少"更是日常生活中的口头禅。人是会思想的动物，精神和肉体有一定的关系，这个道理一般人都懂；但精神到底怎样影响着肉体，却是人类至今也无法完全破解的谜。

　　我在长篇小说《超级圈套》中曾写过一个商海中大行骗术的过客，他做过一个梦，梦到自己在攀登财富大山时吃力地挑着一副担子，担子的前面一个筐里装着财富，后面一个筐里装着罪恶。那么，对于当代许多追求成功的人来说，他们常常也好像吃力地挑着一副担子，前面一个筐里装着"成功"，后面一个筐里装着"疾病"。用透支生命换取成功，许多人英年早逝或疾病缠身，可能根本没有机会享受成功。就像这位朋友。

　　许多人听他的故事时会觉得其中的道理显而易见。

　　但身在其中，想明白这个道理还真不那么容易。

　　人只有一次生命，生命的意义是至高无上的。人们有必要重新学习生命的道理。

　　全社会也要建设一整套新的健康理念，要提倡健康光荣，健康而长寿地生活和工作光荣。

另类"养老"

一位自称快要崩溃的 80 后女孩，写信述说自己的困扰。

女孩是独生女，从小家境优越，十多年前出国留学。

与那些幸运的年轻人一样，毕业后很快找到满意的工作，恋爱结婚，有了幸福家庭。如果说她的生活有什么遗憾，那就是母亲早逝，使成年后的她感觉没了机会回报。当教授的父亲在她出国后重组了新的家庭。继母是知识女性，人很不错。于是，女孩将继母当亲生母亲对待。

这样过了几年，一对年轻人觉得具备了一定的经济基础，要小孩的事提上了日程。正当两人积极备孕，并期待着接父母一起过来共享天伦之乐时，意外地听到他们不可理喻的"养老"计划。继母在孤儿院看上了一个十来岁的男孩，想带回家收为"养子"，理由是有个"精神寄托"。

此举自然遭到了女孩反对。她说这种做法很不现实，要想精神寄托，可以种花、练书法、旅游、看书，有一万种省心又无挂碍的方式。父母却觉得不然，说干什么事都取代不了两代人之间的交流与快乐。女儿虽说很孝顺，但远隔千山万水，忙了工作还要忙孩子，一旦有事也是远水解不了近渴……这样彼此沟通着，继母竟搬出了《国际歌》：要创造幸福，还得靠自己。女孩很是纠结，说父亲六十五岁，继母也快六十了，这个年龄正该颐养天年，一个八竿子打不着的男孩不知会给他们的晚年添多少麻烦。

于是，女孩继续劝导，说老人真觉得闷了，随时可以来自己家住，她和丈夫一定尽可能给他们创造舒适的生活条件。但父亲和继母似乎主意已定，说国外的生活他们不适应也不喜欢，另外他们不想靠女儿，还说收养男孩也是为女儿减轻负担……女孩终于明白，两位老人要的是孩子陪在身边，至少能有每周的探视。而这，是女孩无法做到的。

女孩深恐亲友误解自己对父母不孝。

于是写信，让我帮她找到劝解父母的"理由"。

其实，女孩恰恰要明白，她已经没有这个"理由"。

在传统观念中，六十岁和六十五岁已迈入老年，但由于现在生活水平提高，人的寿命延长，许多六十来岁的人自我感觉精力充沛，以中年人自居。然而，由于社会就业压力大，这个年龄的人不管多么要强，大多数不得不退休，归于社会的边缘，空巢成为许多这类家庭的现状。前些年看报道，一些发达国家的富裕人家在子女成年后，往往会领养幼童，重新体验与孩子一起成长的乐趣，很多人觉得不好理解，觉得是花钱找累。现在中国经济迅猛发展，我身边就有五十多岁的人在孩子长大成人后，又领养了幼小的婴儿——孩子是"上帝的礼物"，他们在享受这个过程。

女孩讲的所谓颐养天年，应当包含天伦之乐，但她作为唯一的女儿并不在父母身边。当父母还在工作岗位时，不会特别感觉这种缺失，一旦退休，情感的空白很难弥补。以女孩父母的年龄与文化素养，相信他们的选择不会只是一时性起的任性所为。女孩身在国外，不可能与父母长相厮守，偶尔的探望不能取代其乐融融的天天相伴。正是为了女儿长远的未来，父母才不提出让她回到身边的要求。而到了这样的年纪，对环境也越发依赖，他们不可能为了与女儿团聚，抛弃国内熟悉的一切，包括亲人和朋友。

我有一个儿时的同学，母亲年纪大了总想把她接来同住，但每次超不过半个月，老太太一定要走。不是嫌儿子不孝，而是老人的同事、亲友，包括熟悉的环境不可能一起带来，所以老人还是要回自己家长住。

退休的老人看来衣食无忧，却需要一份相对充实的生活。饱食终日却无所事事是最令人苦恼的生活。曾经看过几篇报道：湛江雷州的一位老教师十九年收养了十余名孤儿；商丘市的一位退休工人自办孤儿院收养了十三名儿童；最近，更是在许多小区里看到了居委会贴出的通知，让领养了孩子的北京籍居民在居委会登记。收养孤儿，不仅给空巢老人带来精神慰藉，也充分整合了社会资源，或许会成为老龄化中国社会的新时尚。

对于这种另类"养老"方式，子女们不仅要理解，还要大力支持才对。

人到老年

老年人也可以有事业吗？老年人的事业是什么呢？

重阳节前探访一位我很尊敬的长者，见到我老人很是高兴。先是谈他近日读书的心得，又拿出每日在家习练的书法。只见一页一页码放整齐，有毛笔字，有钢笔字，字迹清晰有力，看来很用了一番心思。我称赞他书法写得好，又进了一大步，又说习练书法本身就是修身养性的极好方式。得到真诚的称赞，老人来了兴致，当场挥毫写了一篇。

聊了一阵，老人神色有些凝重。他说，从表面看，他一生过得不错，退休前有一定的职位，现在八十好几了，身体也还算好，生活和医疗都有保障，但他还是有排遣不去的苦恼。

我关心地问他苦恼些什么？

他沉默了一会儿，摇摇头，说出两个字：寂寞。

我立刻就明白了老人的心思，耐心地听老人说下去。

老人是二十多年前退休的。刚退休的日子还算充实，在一家公司当着顾问。上班时间随意，有事出出主意，无事有相当的自由。公司还专为他保留一间办公室，老人每天都去班上转转，看看资料，也同人聊聊天，既受到尊重，又不太劳累。到了七十来岁，顾问自然不当了，回到家中也并不闲着。他开始整理多年积累的各种资料，陆续出了几本书。那些年他和老伴身体尚好，常常一起外出旅游，或近或远地玩玩走走。特别是子女正当壮年，忙于工作，照顾年幼的孙子使老两口的生活充实又有乐趣。渐渐地，孙子也长大了，上大学、工作，就离开了老人。但老两口的日子还算不错。逢年过节，子女们纷纷看望，大病小病嘘寒问暖。平日里他们坚持锻炼，晚饭后只要不是太热或太冷，都要到外面散散步，碰到熟人邻居彼此打打招呼，也有时会停下来聊一会儿天，算一种不是社交的社交。

日子就这样幸福而平静地过到了八十多岁。

几年前，老伴重病撒手而去，将老人独自留下。

老人告诉我，按照一般的眼光，他应当很知足了。和子女生活在一起，各方面都得到很好的照顾。但毕竟是两代人，彼此没有太多的话可说。天气好的时候还好，能出去走走，和老人们打打牌说说话；天气差了，刮风下雨或太冷太热，就只能待在家里。就说练书法吧，也只是挨时间罢了，不可能有什么大的成就了。也想过再找老伴，又觉得并不现实，毕竟年龄不饶人。老人说，我这个岁数，已到耄耋之年，经不起风吹草动。若找个年纪相当的，首先是双方性格能否合得来，若合不来岂不自寻烦恼。再者，若对方身体不好，到时又怎样相互照顾？还想过住养老院，但子女们不放心，且到了那里和子女相处的时间会明显减少，想来想去都不妥当。老人说到这里长叹一声："但就这样'熬'着吗，生命还有什么意义呢？"

说实在的，这番话让我也沉默了。人生在任何时候都会遇到问题，即使在这样的老年，也还要寻找生命的意义。老人的苦恼实实在在，寂寞可以理解。面对这样明智的老人，一般的言语难以安慰，必须讲真话。

我坦诚讲了自己的想法："人从出生到老年，是生命的自然过程，每个过程都有着不可替代的意义。人老了，一方面会收获很多果实，比如说人生的成就、子孙后代、恬静的生活，要好好享受这些果实，会享受就是老年人的悟性与福气。在这方面，该做悟性高的而不是悟性低的人。另一方面，衰老本身也是生命不可抗拒的流失，这时唯一该做的就是面对现实。许多年轻时能做的事，年老了就不能做了。对这一点要安然，要承认生命的变化。不承认，会平添不必要的烦恼。而敢承认敢平心面对，这又是老年人的悟性与福气，因为这样少烦恼多快乐。对于八十多岁的老人，现在最大的一个任务就是健康地活着，你健康了，子女可以少操心，你长寿了，可以给子女很大的心理支持。这意义非常重大。子孙两三代人都能感受到它的影响。我建议老人从现在起把健康长寿当作一项'事业'，无论是散步、打牌、练字，包括吃饭、穿衣这样一些琐碎，都当成一种'修炼'，总结生活中有关健康长寿的各种经验，把它当作一门高技术含量的学问来探求总结，总结的结果既有益于自己也有益于后人。这样想了，无论做什么都会有好的心态。"

老人对这番话频频点头，脸色明显开朗了。

中国正在以极快的速度步入老龄化社会。过去是"人生七十古来稀"，现在活到八十、九十都不稀罕。老年人怎样面对老年，怎样安排老年的生活，怎样寻到老年生命的意义，安然而健康地度过晚年，是全社会都应当关心的大事。

那些父母还健在的子女，可以将这样的意思转告父母。

当老年人把健康长寿当成"事业"来做，他们会有更多快乐。

八十六岁的快乐晚年

退休了，怎样过好晚年，是许多人要面对的现实。

一位朋友的儿子几年前拿到全额奖学金顺利出国，毕业时恰逢百年一遇的金融危机，所幸儿子很争气，不仅顺利戴上了博士帽，还找到一份待遇不错的工作。于是这对刚退休的父母喜气洋洋地决定越洋探亲。说是探亲，旅游的意思占了一大半。临上飞机前说，忙了大半辈子，该享享清福了。

刚工作不久的儿子自然还谈不上买房，和年轻同事合租在一处。两房一厅的房子虽不算小，但父母来了，说什么也不能凑合。于是在网上看租房信息，又开着车满大街跑，终于相中了景区一处临湖的大房，外带草坪和花园。他准备为父母零租十天半月。

电话与房东联系，约好的看房时间，一辆带拖斗的小卡车准时停在路边。

不期然从驾驶室里慢腾腾下来的竟然是一位步履蹒跚的老太太，对着年轻人诧异的目光笑了一笑，带着老年人才有的天真和调皮。年轻人跟在老人身后走进院子，老人看脸还算精神，但腿脚显然不大利落了。打开房门，三间房加很大的厅，一天才要五十美元。年轻人脑子里算了一下账，同样的地段和房子，月租也要一千七八美元，而老人零租，即使天天有房客，一个月满打满算也就是一千五百美元而已。

零租麻烦，还降低房租，为什么？年轻人说出了心中的好奇。

老人耸耸肩说，钱于她而言已没有太大的意义。她有退休金，有医疗保险，花钱的地方不多，况且，她毫不忌讳地提到了自己的年龄——八十六岁，这个年纪即使真想花钱，也没有多少花钱的地方了。年轻人小心地问道："您不把钱留给孩子吗？"老人说，她没有孩子。年轻人又问："万一您生病了呢？"老人说，病了有医生嘛。再说她还有一个外甥，几年前曾生过的一场大病，还多亏了外甥照顾，但当时的一位年轻房客也帮了不少忙呢。他常常在下班后或休息日去探望她，除了为她买必要的生活用品，还会挤出时间陪她散步聊天。知道老人喜欢鲜花，年轻房客上门时常常会带上一束，两人也由此成为忘年之交。后来那位房客因为工作关系调离这座城市，临走时，老人不舍地拿出一把家门的钥匙交给对方，说希望他不要忘记这里也有一个家，而这个家的门永远为他敞开。

这样边说着话，年轻人边随老人在屋里巡睃。老人用不太灵便的动作随手撤下床单和沙发套，说要带回家清洗。然后来到花园开始清扫落叶。年轻人急忙上前帮忙，自然又是不解："既然如此，何不将房子找个长租户，也省却了打扫的劳累？"老人说，整理房间、清理花园也是一种乐趣，她现在就很享受这种乐趣。如果将房子长租出去，她就不方便再进来整理房间，当然更不能为这个园子种花锄草了。而房子是她的宝贝，这个宝贝带给她别人无法想象的快乐。因为租房让她认识了许多人，这些朋友不仅给了她温暖，也让她觉得自己活得还很有"用处"呢。

年轻人的关切大约越发激起了老人的谈兴，她历数零租的好处，比如一年中会有不同的人来这座城市旅游，通过租房很自然地结识了各种各样的人，她特别提到这里住过的加拿大一家人，他们从十年前开始每年都会来此地度假，而每次度假都会提前"预订"她的房子。对老人而言，这样的朋友情似亲人，而重聚的日子就是她的节日。知道年轻人将在这里接待来自中国的父母，老人很自豪地讲了早年去中国旅游的经历，说中国是个美丽的国家，家里至今还挂着她在黄山拍摄的照片。

朋友夫妇在成为租客的十多天里，多次见过这位美国老人。

每到傍晚，她会准时开着小卡车来收取垃圾。老人一头银发化着淡妆，尽可能掩饰着腿脚的不太灵便。朋友在的时候会迎出去攀谈几句。他们在很短的时间已成朋友，动身回国前，特意给老人留下一封信，除了感谢，还有祝愿。

归来的朋友讲起这位老人很是感慨。人家八十六岁了还能如此独立，自得其乐，自己刚刚退休，比起她来只能算是"中年"。怎样过好晚年，这位老人就是榜样。

不惑之年

一位读者写来长信，说自己出生于 20 世纪 60 年代，现已进入不惑之年。信中说：我发现四十岁是最令人困惑的时候，但不知为什么孔子有"四十不惑"的说法。我在一个很大的公司工作，专业水平受到敬重，但细想想，并未实现自己哪怕一点年轻时的梦想。为了家庭的经济收入及小孩读书，我不得不拼命工作，至今依然无法适应复杂的公司政治。放眼中国，则看到更多的黑暗和腐败。特别想向您请教两个问题：一、什么是积极的人生态度？二、人为什么要有积极的人生态度？

　　在我收到的信件中，追寻人生意义并求解人生困惑的有相当一些。一般的说教对于这类朋友肯定不起作用。我给这位朋友回信，讲的都是我的真实感受。

　　在中国，"三十而立"、"四十而不惑"、"五十而知天命"乃至"六十而耳顺"、"七十而从心所欲，不逾矩"的概念可以说老少皆知，但这并不是老生常谈，是孔子对生命在不同年龄段的特点做出的精到总结。然而，我们常常很难做到"三十而立"，更难做到"四十而不惑"。为什么？我想有两个原因。一个是，与孔子时代相比，今天已经有很大的不同，除了科技的发展，最明显的差别是那个时代的人早婚早育，十八九岁已为人父母，五十岁就三代同堂，被称为"老人"了。"人活七十古来稀"，说明那时长寿的人很少。孔子算相当高寿了，也不过七十多岁。现在生活条件好，医疗发达，努努力活九十岁也不算特别罕见。寿命长了，"而立"、"不惑"、"知天命"等人生阶梯也该后移。另一个原因是，我们普通人可能不像孔子那样早熟。在现阶段，一个人能做到"四十而立"、"五十而不惑"就很好。或者再晚一点，到六十岁的时候真正做到"不惑"也行。

　　四十岁还"惑"并不是坏事，"惑"是未来"不惑"的前提。

　　严格地说，我也没有做到"四十而不惑"。我在四十岁左右时正在写《新星》系列，对生活充满激情和理想，其中总有些"简单化"的东西。后来又经历了许多事，那样的经历和人生体验是四十岁时不可能有的。所以，我自己的"不惑"也应当在五十岁以后了。当下的大学教育相当普及，年轻人走出校门就二十多岁了，如果再读研读博毕业就更晚一些，事业一般开始在三十岁左右，成家基本也在这个年龄段。一个人"三十起步""四十而立"就很不错。往下要争取的是"五十而不惑"。

　　中国儒学奉为经典的人生信条是"修身，齐家，治国，平天下"。"修身"和"齐家"都很重要。中国正经历着一个巨大的变革时期，泥沙俱下。以一个作家对生活的观察而言，我眼中看到的黑暗和不平不会比任何人少，而我自身遭遇的挫折也远多于常人，但这并不妨碍我用积极的态度面对人生，面对社会。我们的每一个善举，对于全社会来说都是正面的力量。许许多多人的许许多多似乎微不足道的努力最终会汇成一条巨流，推动这个社会进步。

　　所谓积极的人生态度，我的理解很简单：做自己该做的事乃为"积极"，该做的事不做乃为"消极"。当然，对于"做自己该做的事情乃为积极"需要加一个注释——做自己"不该做"的事乃为"贪图"。目标过高，野心过大，力所不能及，都是一种贪图。真正的"不惑"就是要认请那些不应有的贪图，并且能够平静地剔除它们。至于人为什么要有积极的人生态度？我的人生经验：只有如此，才能给自己和他人带来安详和幸福。

顺情绪之自然

在西方国家，抑郁症常常被称为"心灵感冒"，意思是说抑郁症像伤风感冒一样，是一种常见的精神疾病。在我国，对抑郁症的预防和治疗还不够重视，对抑郁症发病前的征兆也认识不足，常常是在发生自杀行为等意外事件后才知道是抑郁症，更不知道有什么防范措施。

大都市白领普遍感到工作压力大，有的还过度关注自身的事业和前程，因此也是抑郁症、焦虑症、恐怖症、强迫症等心理疾病的多发人群。

心理健康知识在中国普及率较低，人们通常认为所谓疾病，无非是心、肝、脾、肾、胃、肠，及血管、五官等处的病变，而对精神疾病的认知度相当低。随着生活节奏的加快，不少都市人在压力下患上或轻或重的心理疾病，但由于缺乏常识，很少主动就医。周围人也因为缺少相关知识而多报以冷漠，以为是"小心眼"、"想不开"、"思想狭隘"，等等。这种氛围尤其使这类人群备感无助，讳疾忌医，长期遭受病痛的折磨而无法自救，近年来媒体对此类悲剧也时有报道。

心理健康及心理疾病的治疗与康复一直是我关注的领域，也写过几本书，常有读者写信与我探讨这方面的问题，讲述他们受到的身心困扰。这里，我特别推荐日本学者森田正马的一本书《神经质的实质与治疗——精神生活的康复》。

所谓"神经质"（现在一般称为"神经症"），即是通常所说神经官能症的简称。这种精神障碍不同于通常所说的精神病。它是一种更轻一些的心理疾病。神经症大致可以分为：焦虑性神经症，简称焦虑症；抑郁性神经症，简称抑郁症；强迫性神经症，简称强迫症；恐怖性神经症，简称恐怖症；疑病性神经症，简称疑病症；神经衰弱性神经症，简称神经衰弱；癔病性神经症，简称癔病症；等等。

森田先生是一位讲求科学、注重求实的学者，对神经症不仅有精辟的理论概括，亦有多年行医治疗的临床实践。这本书是森田理论的经典著作之一，系统阐述了森田心理疗法的原理与治疗实施方案。森田认为，情绪是人内部的一种自然现象，它有自身的自然规律，不可能任意命令它。但是可以通过一定的行为和设置来影响它。

森田总结的情感五大规律既简单又很中肯：

一、任何一种情绪，只要不对它增添新的刺激和干预，经过一个过程它自然而然会衰减。譬如，再大的悲伤也会随着时间的迁移而淡化。无论是失去亲人还是遭受其他重大损失，悲伤总会渐渐平息下去。

二、任何一种情绪，当造成它的刺激原因反复重复时，人有可能适应，情绪也会随之逐渐消退。譬如，身处一个噪声环境，烦躁的感觉一开始会很强烈，但是久而久之对噪声习惯了，烦躁的情绪也自然而然消减。

三、任何一种情绪经过宣泄便可能衰减消退。譬如，义愤填膺，发泄一番，便能够平息一些。

四、有些情绪，譬如对爱的渴望，被满足时就衰减消退。

上述四条贯穿一个基本精神，就是要顺应情绪的自然规律：或听任其随时间流逝；或听任其因反复出现而麻木；或宣泄它；或满足它；它最终都会衰减消退。

五、如果对情绪硬加干预，不断添加新刺激，它可能越来越增强。

千万不要小看最后这一点总结，懂得了这一点，能够减去人生很大一部分烦恼。

我们的很多焦虑是为焦虑而焦虑。本来，因为工作压力大已经很焦虑，如果对这样的焦虑又十分不满时，就叠加了新的焦虑。本来，因为失恋很痛苦，又天天指责自己这样痛苦是没出息，结果失恋的痛苦没减轻，又为自己的软弱无能叠加了新的苦恼。

森田先生的这本书虽然讲的是对神经症的治疗，也可作为一般读者搞好精神健康、促进生活协调与幸福的自学读物，因为对情绪的调整规律是所有人都适用的。

林黛玉的病非药可治

一个女孩偶然看到我的博客，抱着一点希望讲了她的故事。

女孩从小身体不好，因为肺结核，没能上幼儿园。入学以后因同样的原因在家的日子比在学校还多。每当走到玩耍的小朋友中时，她总会担心，小朋友会跟我玩吗？更由于细心的母亲总怕她累着，不让她出门，所以社会交往能力越来越差。

上中学以后，学习紧张，肺结核复发，只好忍痛退学。养病两年期间没有和任何同学联系，就在家里待着。病虽然好了，但心理蒙上严重阴影，觉得活得没意思。有时一个人上山，心里斗争还回家不？觉得死在山里算了。

成年后也尝试过学裁剪、摆小摊，但都因种种原因干不长。一次次的失败让女孩越来越自卑，但她又不甘心一直在家里待着，渴望着走向社会，和正常人过一样的生活。

女孩在信中说："在我的印象中，童年没有任何欢乐，只有病痛和烦恼。我常想自己就是笼子里的小鸟，生活在心灵极度的孤独之中。我想挣脱这枷锁，却无能为力。难道我的青春、生命都这样无意义地消耗掉吗？"

信的落款是"一个渴望正常生活的女孩"。

从信中看，女孩的文字能力相当好，待在家里的日子一定读过不少书，所谓大道理她懂得很多，鼓励她像普通年轻人一样去社会闯荡，对于一个在病弱中长大、自卑而且内向的女孩不仅不现实，而且无益，只会使她进一步受到伤害。

那么，她应该怎么办呢？

首先是正视现状，了解自己的处境、长处和弱点。

不能像健康的年轻人一样胜任八小时工作，并不表明完全不能工作。比如尝试着走出家门，找一些自由度相对大一点的事情，或许有机会。

早些年我曾认识一个来自河北的年轻女人，丈夫在城里做临时工，她带着两个年幼的孩子从乡下来到北京。一家四口挤在不足十平方米的小屋里，仅靠丈夫微薄的工资养家，生活十分窘困。她是个要强的女人，不满足于仅仅的温饱。对于她的家庭、子女的未来，她显然有一份美丽的梦想。她想过一种受人尊重的生活，想让自己的一双儿女在毫不自卑的情境中长大并享受与城市儿童一样的正规教育。于是，她省吃俭用，用牙缝里省下的钱报名参加了一个又一个裁缝班，从式样最简单的衣裤学起，很快开了个小小的裁缝店。价格的低廉与服务的周到使小店有了一点竞争力。年轻女人很善于琢磨，注意街上姑娘们的穿着，只要是比较新潮的衣服，市面上有，几天她就能做出来。就这样，小店渐渐有了点名气，不少女孩都喜欢到她这儿做衣服。靠着聪明和勤勉，她和丈夫共同撑起一个小康之家。

当然，这样的劳作非常辛苦，写信的女孩肯定承受不了。

但学一点手艺，比如裁剪衣服、电脑打字、平面设计……还有很多，不仅会增加一点生存本领，也会在学习中多一些与人的交往。

人是社会性动物，需要与他人的交流，成天闷在家里并不利于健康的恢复。学到一点本事，也许还能挣到一点点钱，哪怕这点钱并不能自给自足，起码会增加一点人生的自信。马克思有句名言："劳动是人的第一需要。"许多人并不相信此言，觉得上班太累，歇着多好。可是，我们看到许多人退休在家的日子很是苦恼，他们并非没有吃喝，恰恰因为不能工作。工作过多过重，会感到劳累甚至厌倦。然而，一旦不能工作，人所承受的失落与空虚是无法言说的。

所以，不能劳动的生活是不幸的。适度的劳动是一种幸福。

对这个女孩而言，走出第一步特别重要，哪怕是小小的一步。当然，迈出的这一步要合乎自己的"实际"，不要奢望"一步登天"。至少可以先走出家门，到公园里参加晨练。

我曾多次到公园晨练，也观察过晨练的人群。

太阳刚刚升起的时候，绿茵草地上聚起老老少少，相互打打招呼，问候问候，一天就有了愉快的开始。晨练不仅锻炼身体，也沟通交流。孤独的人排遣了孤独，郁闷的人消除了郁闷。有点小灾小病，踢踢腿、扭扭腰、哈哈一笑就好了。晨练不仅给社会减轻负担，也给自己带来快乐。

有了快乐，才会有健康。大观园里的林黛玉生长在富贵之家，在外人眼中，她在锦衣玉食中过着"无忧无虑"的日子，但她活得多累呀，整日心事重重，疑神疑鬼，尽管家中频频出入"太医"，还不是早早离开了人世？她的病就是"非药可治"，全在环境。

从小经历着病痛的折磨，渴望着像其他女孩一样拥有正常的生活，这是一种进步和觉悟。要肯定自己的进步，同时一点点走出来，不给自己制定太高的目标。不和别人比，只和自己的昨天比。只要比昨天进步，就要肯定自己的努力，同时真心地祝贺自己。其间可能身体会出现小小的不适和反复，不要在意，以平常心对待，相信自己会一天天好起来。

祝福这个女孩早日拥有正常生活！

有爱的心灵长生不老

那一晚我无意中打开电视，看到王志正在"面对面"采访一位满头白发的外国老太太。用中国话说，老人很富态，且十分健谈，反应机敏，对每个提问都能做出非常快捷的反应。引起我注意的是老人的年纪：九十岁；国籍：美国；现居住地：山东聊城市阳谷县刘庙村。

中央电视台为什么会对一个如此高龄的美国老太太感兴趣？

她身上一定发生了什么故事吧。

　　接着听下来，我知道了老人的身世。老人叫牧琳爱，1917年出生于中国，父母在她出生十几年前以传教士的身份来华。童年的经历留给牧琳爱的不仅是儿时的中国玩伴，那时的中国让她看到的更多的是战乱与贫穷。十三岁那年，牧琳爱随父母回到美国。在牧师家庭中长大的女孩那时就心存一个梦想：长大了我也要挣钱，要回到中国帮助穷人。

　　为了实现这个梦想，她竟等待了整整六十九年。

　　在这漫长的六十九年中，牧琳爱与许多女性一样，读书，工作，结婚，生子。她获得过两个博士学位并担任美国一家儿童医院的院长和该市的护士学会主席。当年她与丈夫恋爱时，曾提出婚后定居中国的想法，被毫无中国生活背景的男友拒绝了，无法割舍爱情的牧琳爱选择了妥协，和丈夫组建了幸福的家庭，有儿有女，有受人尊敬的职业。

　　但她从没有忘记回到中国的梦想。1999年，在丈夫去世的第二年，牧琳爱卖掉了四十英亩山林和别墅、花园、汽车等家产，只身来到中国圆梦。那一年她八十二岁。

　　为了欢迎这位美国老人，刘庙村特意腾出最好的院落，并为她聘请了翻译。但牧琳爱说，她到中国来并不是养老的，她坚持自己付房租和翻译的工资，还捐资三万美元为村里的小学建起了微机室。

当然，现在的中国已与牧琳爱离开时大大的不同，但这位美国老人仍然很快找到了自己的位置。她在小学课堂给村里的孩子们讲授英语，到镇上的中学为英语教师做免费培训，又利用自己多年从医的知识积累，到市里的医院为医生们授课。

现今的农民虽然吃喝不愁，但许多观念还很落后。于是，牧琳爱亲手改建了村里的第一个抽水马桶，并且自己扛起锄头下地，将村边一处废弃的园子种满了鲜花，还出资为村里修路。电视上可以看到这位美国老太太骑着三轮车到处走动，与村民们大声谈笑。

这位九十岁高龄的老人所显示的生命活力显然已远远超过了许多年轻人。

中国是一个尊老爱幼的国度，老人应当受到尊敬和奉养，"孝"在传统文化中有着至高无上的地位。以牧琳爱的年纪，她的子女应当六十岁上下了，或许也到了退休的年龄。人们也许会问，子女们会放心让如此高龄的母亲孤身一人漂洋过海，在万里之外的异乡度过余生吗？牧琳爱的回答是肯定的。她的子女们支持她的这一决定，理解母亲存留于心中长达六十九年的梦想。牧琳爱甚至在离开美国前已经写好了遗嘱，包括死后将遗体捐赠医学研究。

牧琳爱是这样一位母亲，她在晚年不是终日坐在树荫下养神，不是频繁地因身体的某些不适出入医院，不是将全部希望寄托在子女的探望与照顾上。这位老人选择远离子女按自己的意愿享受落日前的余晖。当她连自己的遗体都捐赠出去时，她对于身外之物已毫无牵挂，生命的意义变得十分纯粹。我想，以她的精神，即使到了九十一岁、九十二岁，甚至一百岁，只要她活着，就仍然能用生命创造价值，用生命给他人带来阳光。牧琳爱培训的医生们会将学到的知识用在救助病人身上。牧琳爱对英文老师的培训更会通过老师们的传授使更多的孩子受益。

我年轻时曾在山区插队，知道农村的孩子走出土地有多么困难。刘庙村的孩子们是幸运的，他们得到了一位美国老人的眷顾。孩子们会记住这位慈祥的老奶奶，她站在讲台上带着孩子们一句句朗读最标准的英语，同时通过她捐资建成的微机室，让孩子们非常便捷地在互联网上与世界建立了实实在在的联系。这群孩子未来会成长为科学家、艺术家、工程师、老师，他们不仅会把自己的学识贡献给社会，也会把美国老奶奶的爱心和对生命价值的认识传承下去。

梦想是人类拥有的一种特质。只有人类才有梦想。

每个人在其一生中都会有各种各样的梦想，有的梦想短暂而且物质，有的梦想长远而且终极。为帮助素不相识的人们生活得更美好，这是一个伟大而终极的梦想。

　　牧琳爱老人用六十九年的光阴守护着这个梦想，并且决定在八十二岁时将之付诸实现。

　　在我们熟悉的文化中，八十二岁应当颐养天年，然而，她却决定告别早已熟悉的故土和乡音，包括告别那些通常在人生晚年的最大享受——儿孙子女环绕膝前。

　　我相信牧琳爱很幸福——这种幸福除了牧琳爱本身的努力，她对梦想的坚持，也应当包括她的子女们对母亲的有别于通常观念的理解和关爱。

　　这或许是更深刻的理解和关爱。

　　中国的父母与子女们或许能够从这里学到点什么吧。

不当欲望的奴隶

活得快乐、平安是许多人的愿望，那么，怎样才能达到快乐和平安呢？

我的体会是这样三个字："去妄想"。

我对许多朋友说过，所谓"去妄想"，不是多么高深的大道理，恰恰是自我调整的最本质的东西。

在生活中，"去妄想"是三个层面的事情。

第一个层面：是把"不正"的欲望、念头、想法去掉。

所谓"不正"，就是歪的东西，邪的东西，违法乱纪、贪污腐败、偷盗，都属于此列；想不劳而获，属于此列；想占有别人的成果，属于此列；损人利己，属于此列；做不道德的事，属于此列。总之，于理于法不容的东西，是我们要去妄想的第一大类；说得再世俗一点，凡是不合道德的事情都不要做。道理很简单，做了不道德的事情，必然会心不安，如果一个人偷了、盗了，还想使自己快乐平安，是不可能的！所以，想要快乐平安，第一是去不正之妄想。

"去妄想"的第二个层面：是指去掉"不该"的事情、"不该"的想法。

什么叫不该？比如你为自己制定的目标太高了，你的力量又达不到；那么，这个目标就是"贪心"了。这种贪心既会伤了自己，也会伤了家人。这就属于不该。你虽然不偷不盗，不去害人，但是你的野心太大了，超过了实际的可能，超过了自己能力所限，结果必然是自我折磨。仅仅这一条，再想做到心安，肯定是没用的。认识不到这一点，不对"贪心"做减法，却想求得平安快乐，是本末倒置。

每个人都可能犯这样的错误。

"不正"的事情，大多数人会比较容易划清界限，去掉妄想；而"不该"的事情，要做到去妄想就比较难了。要明白，这种不该的妄想对心灵的折磨和伤害是特别大的。无论在事业上、挣钱上、情感上、人际关系上，人们追求的目标都可能离开了实际，这点要清醒。

第三个层面：要去掉"不对"的事情、"不对"的妄想。

什么意思呢？你做的事情可能在道德上没有错误，不属"不正"；在目标的高低大小上似乎也和自己比较符合，没有过贪，不属"不该"；但是你达到目的的方法不对、不妥当，本来有妥当的方法可以解决问题，但你的方法不当，还自以为很高明，这也属于妄想。

如果能够从这三个层面去掉妄想，人就会越来越智慧。

我曾经写过一句话："天花乱坠无多用，一戒落实金泉涌。"有的时候，我们从心头戒掉一个贪，去掉一个妄见，立刻会感觉到自己的解放。很多人会有这样的体验，本来状态不错，突然生出一个念头，这念头可能是有关自己在事业、职场的某些设想，立刻就感到心头不轻松，立刻就增加了焦虑。哪怕你只是刚刚说了句大话，不过是吹吹牛而已，吹完以后，会发现自己反倒有点焦虑了，这就是"贪念"对自己的迫害。

所以，要能够从"去妄想"出发调整自己的心灵状态，只做自己可以做的事情、该做的事情、做得对的事情，这样才会从容自然，也只有这样做事才会事半功倍。

很多人陷于苦恼和焦虑，比如家庭的矛盾、职场的冲突，常常不是说这个人智商有多低，恰恰相反，他可能学历很高，甚至很聪明，但是，他在一个点上"轴"了，抓住一个"欲望"不放了，就陷到一个什么都看不清楚的境地。我们每个人都可能犯这样的错误，所以，人生可以积极，可以进取，但一定不要过分紧地抓住自己的欲望，要松弛一些，对自己的欲望要时时有所审视，不当欲望的奴隶。

像妈妈一样爱自己

中华民族崇尚"仁爱",但含蓄的民族特性使许多人羞于爱的表达。

我们常在外国电影中看到父母和孩子的拥抱,在孩子入睡前父母往往会用"I love you"来表达情感。然而,中国的父母却很少对孩子使用这类温情语言。

一个女孩的故事很有象征意义。她出生在知识分子家庭,成长环境优越,虽然家里什么事情也不用她做,许多物质要求都能得到满足,但她从小却不觉得被父母"爱"过,因为她一直认为自己的存在是有条件的——那就是学习成绩要好，否则什么都没有意义。

直到她成年后出国留学并开始工作，这个阴影一直困扰着她。

三年前偶然的一次电话交流，她感到了母亲的牵挂，于是小心地问："我小时候还是被爱的吧?"大为委屈的母亲告诉她："你一直是我们的掌上明珠啊。"那一刻，女孩热泪喷涌，如释重负。其后不久她惊异地发现，困扰自己多年的神经性皮炎竟神奇地消失了。

然而，女孩有关"爱"的困惑并没有完全解决。

虽然从母亲那里得到了肯定答复，但从小埋藏在潜意识里的东西仍很难改变，即总是对自己不满意。这种心理常常还反射到别人身上，认为别人也对自己不满意。

女孩很苦恼，她说单身的自己现在国外，做到从心底里爱自己，对于克服生活中的困难和孤单非常重要，但她不知该如何做。虽然觉得能力不差，也拿到了几个学位，但至今没有得到和自己能力相匹配的职位和薪水。于是她怀疑，是不是自己没有勇气去争取，或者觉得自己不配得到呢? 很多时候碰到困难，是不是自己心里先软了几分? 更让她感觉不好的是，虽然谈过几个男友，身边也不乏追求者，但她总会在某些时刻突然变得敏感和焦虑，患得患失，甚至因一点小事或一句不经意的话而怀疑对方的态度，以至于给人不好相处的感觉。女孩事后也常常自省，假若心态正常，而且非常爱自己（有信心）的话，这种情形应该很能从容应对。

她看了我的博客，里面讲到爱自己是爱世界和爱他人的前提，希望我能具体谈谈爱自己的方法。

我告诉女孩，爱自己，就先要知道爱的含义。

人不会无缘无故地爱某种事物。我们爱鲜花，是因为它美丽芬芳；我们爱自然，是因为它生养万物。爱自己呢，当然也要找到爱的理由。对于现在的年轻人来说，工作太忙，生活压力太大，男（女）朋友太多疑，上司太刻薄，爱情太无望，人生太不靠谱……再不好好爱自己，怎么能对得起自己？

我当下就为女孩找到好几个爱自己的理由：比如她从小好学，年纪很轻就能独自出国求学，还拿到了好几个学位，这可不是所有女孩都能做到的；此外，她善于自省，对自己要求严格，有上进心，善良，这些都很难能可贵……至于某些方面尚有欠缺，不要紧。追求完美不是缺点，但"完美主义"往往会造成对自己苛求，进而会使人焦虑。要学会接受自己。生活中要有动力，也应该努力，但对自己的要求要量力而行。要求过高会转化为对自己的折磨，那当然就不是爱了。

无论是爱自己，还是爱世界，都是需要学习的，或从家庭中学习，或从社会中学习。中国的父母从不吝于对子女的爱，他们含辛茹苦，肯为孩子付出所有，但遗憾的是，所谓爱的表现常常是"恨铁不成钢"。这样的父母当然无法完成教孩子"爱自己"的历史使命。父母之爱是子女相伴一生的温暖，许多人的孤僻、自卑与父母对孩子态度的误区有很大关系。

如果孩子已经成年，类似的心理问题可以试着自己解决。

"爱自己"的方法之一，是把自己当成自己的父母。当年应由父母做的事，现在自己来完成，比如每天找出一个或几个具体的理由表扬自己，包括点点滴滴的进步；比如管理好自己的事业与生活，管理好自己的情绪；即使有时自己做得不那么理想，甚至犯一点错误，也要学会谅解。要放下对自己的过分不满。一定的不满是前进的动力，过分的不满则是自我迫害。要明白每个人都有局限。做事从实际能力出发，只要努力了，就高高兴兴地接受现状。

由此出发，己所欲而施于人，学会用大爱的态度对待他人与整个世界，就一定会变得更加健康、自信和美丽。

告别焦虑的十条锦囊妙计

一位白领的母亲患了焦虑症，每日烦躁不安，跑了许多医院久治不愈。最近因身体新查出的疾病，需动手术，使她陷入更深的恐惧与焦虑之中。她写了很长的信托女儿辗转交给我，我很快回了信。据悉，看到信的当天她就"安定踏实了"。希望她能在家人配合下，顺利走出焦虑症。方法的正确是最重要的。

林女士：你好！

来信收到，之前也听你女儿电话详谈过你的情况，先讲讲我的分析：

一、你最初患焦虑症的原因有三，一是不适应退休后的社会角色缺失，不能正确面对这个现实。二是不能面对与母亲及姐妹的关系。你虽然曾将母亲接来短住，但由于种种原因无法做到让她长住，只好又送她回老家住进养老院，你也因此而不安。人常常是想做得更好又无法做到时就内心冲突。这种冲突又结合道德不安，所以尤其强烈。三是你的思想方法有点问题，凡事想得太多，患得患失。

二、你患了焦虑症后，家人一味"照顾"你，慰劝你，但这种照顾和慰劝过多了，又会加重你的病人角色。

三、面对近期查出的生理疾病，是动手术还是中医保守治疗，也引起你新一轮的焦虑高峰。

以下是我的建议：

一、你的焦虑症并不算最严重的，一定能够走出来。大可不必太紧张。切忌小肚鸡肠。

二、对于生理疾病，若确定了手术加中医治疗，如此去做就是了，不必再多冲突。

　　三、关于家庭关系 —— 对母亲目前的安排不要有道德不安。你已经尽了力，安排得还算可以。传统的养老观念要做调整。西方老人大多愿意并习惯独自生活。你母亲住的那家养老院条件很好，这种安排对你对她都好。你们没必要住在一起相互折磨。当然，在这种格局下你如果还能做些什么，譬如多承担一些老人的花费，为老人再做点更舒适的安排，有时间多回老家看望之类，也是应该的。

　　对姐妹之间的关系尤其不要小心眼。不要太在意别人的看法。自己尽力了，把事做好了，对得起良心，就可以了。要做好事，但不要追求"做好人"。和姐妹之间能沟通就沟通，但不要有理想化执着。善待她们，同时又不求别人说好话，不怕被误解。你信佛，这才是菩萨心菩萨行。

　　四、要有事干。我认识几个退休的朋友，也曾焦虑抑郁，但后来练书法、养花、参加社区活动，就都好了。千万不要整天和家人泡在一起，那样一定泡成一个病窝。要想方设法走出家门。最好有独自一人的活动。和邻居们打打招呼，多参加社区活动，唱唱歌，打打太极拳。这一条做不到，很难真正走出焦虑症。

五、坚持室外锻炼，这一点看来简单，却非常有效。如每天坚持走一万步之类。

六、对焦虑症引起的体征别太当回事。有一些体征是正常的。该干什么就干什么。千万不能闲下来总是想怎么弄自己的病。切忌折腾自己。身体有点不适要不以为意，注意力不要老放在那儿，不会出事的。

七、心态放松，对任何事情都别太在意。在意也没用，在意只会起负作用。要粗线条一点、"马虎"一点才好。

八、尽量少和家人诉说难受。越说越离不开病。特别注意不可太多地依赖子女。你过多地把负面情绪给他们，不仅对他们的负面影响很大，反过来你最终会因此产生某种不安，这种不安会使你产生新的焦虑。

九、建议家人既要关心你，给你一定的心理支持，也不要总把你当可怜虫一味地呵护。那只会让你失去正常角色，深陷病人角色。弄不好，家庭常常成为焦虑症的温床。

十、最重要的是不要过分为焦虑症而焦虑。焦虑症是人的精神感冒。人感冒了太着急有用吗？没用。慢慢休息休息就过去了。很多人患焦虑症本来并不严重，就因为他本人"急于"立刻消除自己的焦虑症，"过分用力"，结果越用力越焦虑。和人睡不着觉一样，越急着睡、硬睡，越睡不着。焦虑情绪来了，包括体征出现了，要坦然面对。知道自己"又焦虑了"，不理它，该干什么就干什么，听其自然过去。

最后，为了自己的解脱，希望你从现在起真的"菩萨心菩萨行"。为家人、为社会、为他人"做好事"。不妨试一试。做一件好事，心态就会好一点。对子女们慈祥一点，少让他们为你担心，是做好事；对姐妹们宽容一点，是做好事；碰上乞丐帮助一点，是做好事；为社区做义工，是做好事；为母亲又做了点安排，是做好事；不在乎母亲、姐妹对自己的不理解，是做好事。你为自己的良心做好事，会越做心态越好。

如能照此做了，前途光明。不但能战胜疾病，甚至有可能因疾病的磨炼而真正开悟呢！

第五辑

文学杂谈

文学是一条寂寞的小路

在许多文学青年眼里，我或许是个"成功者"。

由此常有人请教如何写作，更有人直接将稿子寄来，希望我推荐相关的出版机构。我确曾帮助过几个人，找到认识的编辑，希望他们认真看稿后给作者"回音"（当今大多数出版社都有"恕不退稿"的声明）。印象中这类辛苦基本没有理想结果，稿子很少被出版社或刊物采用。

后来再遇到这类"请求"，我通常会婉言谢绝。

但在谢绝时心里多少会有不安，觉得辜负了对方。人家信

任你，以为你和出版社有"不错的关系"，你不过是不愿帮忙
而已。

近日又收到一封信，说自己"经二十二年研究，十五年写
作，著成一书：共八十三回、六十余万字。为了完成这部书，
翻阅收集资料之巨，连自己也数不清了；所付出之艰辛，泣血
难以言表……"

面对这样的信，我颇有些为难，不知怎样回复才能不伤害
对方。

这些年我出过不少书，也有几位编辑朋友。但所谓朋友，
平日并无来往，只是写好稿子先想到给他们看看而已。我认识
的编辑都很敬业，编发好稿的愿望并不比作家写好作品的愿望
低，"抓"到一部好稿，其兴奋不亚于作家。在我的经验中，
名家投稿一般不会"漏读"，如果可用会尽早出版。这是名家
唯一占便宜的地方。但我的书也常有辗转数家才获得出版机会
的。当然，还有写好了的稿子放在案头至今不能出版的。

这样说，有人可能不信，觉得故弄玄虚。

中国目前的出版业已基本市场化了，出版社欢迎的是那种
"社会效益"和"经济效益"都好的作品。经济效益自然指能
不能赚钱，对社会效益在不同时期有不同理解，但底线是不能
给出版社惹来麻烦，符合主流方向最好。我的《夜与昼》《衰

与荣》在出版前就曾与编辑部多次沟通讨论，《衰与荣》更险些被"枪毙"。其中有一种意见，觉得作品"对黑暗面描写过多"，"会带来负面社会影响"，编辑部是"捏着一把汗"出版的。所幸并未有任何麻烦出现，自然是皆大欢喜。

但我也确有几本书给出版社惹来过麻烦，详情不在文中叙述。

所以，出版社出哪一本书，并不看重关系，主要看稿子。稿子不好或不符合出版要求，再是朋友也不能出版。当然，两份水平相当的作品，一份出自名家，一份出自普通作者，在篇幅有限的情况下，编辑部可能会"照顾"名家，这是因为名家的作品比较容易得到关注。我看刊物，习惯上也是先看有无名家作品；逛书店时也会留意名家的新书。

话说回来，任何人都不是生来的"名家"，都有从无名之辈成长的过程。有的是默默耕耘数载才获得认同，也有"一举成名"的，但那是极少的幸运者。

从这个意义上说，老天还是公平的。

许多年轻人告诉我他们对文学的热爱，表达"献身"于文学的决心。对这类年轻人，我常常泼冷水，劝他们尽可能不走这条路。1992年，作家梁晓声曾对我讲过一个趣闻，法国做过一项女孩子择偶时对男方职业要求的调查，在一百种职业中，作家被排在第十二位。记得当时梁晓声颇有不平，觉得法国作家地位太低。那次谈话又有十多年了，中国的知识分子比过去得到了更多尊重，相当一些人获得了较高社会地位。然而，单从作家这个职业来说，比之十多年、二十年前，地位似乎反下降了不少。据我所知，出不了畅销书的作家日子是相当清贫的。我不知国内是否有女孩子择偶时对男方职业要求的调查，如果有的话，作家这个职业不知能否进入前三十位？

几年前，深圳的一位年轻人和我有过通信。他就职于一家媒体，喜欢我的书，对我进行了几次采访，其间谈到写作。他说很想辞掉现在的工作，以"柯老师为榜样"，靠写作为生。

我立刻告诉他，绝对不可以这样做。

很多人羡慕作家，以为写作是名利双收的职业，但他们并不了解作家的辛苦。

书是一个字一个字写出来的，之前还要有大量知识与生活积累。这是一门付出常常得不到相称回报的职业。许多人用多年心力写作一本书，却可能不得出版，有的即使出版了也默默无闻，悄无声息地淹没在书海中。只有很少的作家有面对公众的机会。当人们看到作家面对的鲜花和掌声时，并不知道这一瞬间的光荣是几年甚至十几年、几十年的努力。

文学的路很窄，也很寂寞，许多在这条路上奔走的人也许穷极一生的努力却毫无收获，那种打击是很多人无法面对的。

所以，我对年轻人的建议往往是，将写作当成一种使精神得到陶冶和升华的业余爱好，不让其承载那么多的人生功利。随着社会的开放，人们面对的选择越来越多，如果用同样的时间和努力学好一种技能或掌握一门外语，可能会使人生得到更大的发展机会。当然，如果你明白了这些道理，仍将写作当成享受，那么，在书桌前坐下来开写的前提是，有一种职业保证你衣食无忧。

读《孔子新传》有感

几天前从中关村图书大厦买回几十本新书，其中一本为《孔子新传》。作者金景芳先生是著名的历史学家，2001年已经去世。这本书应为他的封笔之作吧，是他和两个弟子合作完成的。书是现今流行的大开本，设计儒雅。我买书除了看内容，书的装帧设计也是重要的选项。一本有用的书看到封面就感觉舒服，翻看内容时，文字的版式编排亦很漂亮，我一般就不再犹豫了。

孔子是对中华民族形成巨大影响的人物，有关他的著述我读过很多，孔子的书是我常备案头的书籍之一。

这本书讲到孔子一生满怀政治理想，曾带领弟子们四处闯荡。在周游列国十四年之后回到曲阜，斯时已是伟人的晚年。除了继续一生的教育事业之外，还亲自为《周易》作《传》。《传》的意义深远，因他作《传》，后人才对这部深奥难懂之书得以窥见其中的奥秘。

特别引起我感慨的是孔子的晚年。当他周游列国归来时，十九岁就嫁给他并与他一起历经人生忧患的夫人在一年前已经病逝，离别前没有来得及再见一面。

在夫人病逝三年后，他和夫人所生的唯一儿子也不幸死去，年仅五十岁。古人把幼年丧父、中年丧妻、老年丧子称为人生三大不幸。孔子曾经历幼年丧父，晚年又连遭丧妻、丧子之痛，这对一个风烛残年的老人的打击之大可想而知。

儿子死后不到一年，情同父子的得意门生颜回夭折，年仅三十二岁。接下来，跟随他时间最长的弟子子路又在他国的一场内乱中被杀。得此消息，伟人终于病倒。他生前吟唱的最后一支歌是："泰山其颓乎！梁木其坏乎！哲人其萎乎！"七天之后，与世长辞。

孔子死后，弟子们为他守丧三年。子贡在墓旁修筑草庐，足足守了六年。而在其后的两千多年中，孔子更得到了后人各种形式的纪念。他对中华民族的影响深厚，无可替代。直到今年，曲阜还举行规模宏大的祭祀大典，可谓备极哀荣。

夜晚，我到户外散步，深秋的乍冷还不很习惯。这是一个没有月光也没有星光的夜晚，只有昏黄的路灯。我沉浸在对孔子晚年境遇的惆怅中。

读了《孔子新传》，使我对伟大的孔子在生命意义上有了更深入一点的新鲜把握。

孔子一生坎坷多变，留下许多故事和传说。但任何一个伟大人生都是非常具体和特定的，有着与常人一样的喜怒哀乐。

后世看伟人，往往看他的成就、他的光荣事迹、他所受到的纪念。然而，"古来圣贤皆寂寞"，许多伟人生前不仅是寂寞的，甚至是痛苦的。他们因其思想超前而得不到世俗的理解，许多人活得贫病交加，穷困潦倒。

人活一世，许多人都有自己的志向。那么，想按照自己的志向做成一点对人类很好的事情，坚持是必需的品格。孔子在这一点上很了不起。他生于春秋战乱的年代，在周游列国的奔走中，以孔子的智慧，为当权者出谋划策而得以荣华富贵，他是能够做到的。但孔子为了自己的理想矢志不渝，从不阿谀逢迎，即使得不到当下的成功和成果。

历史是公平的，最终，孔子创立的儒学成为中华文明的重要一脉，而孔子本人也因其人格的伟大被后人尊为"万世师表"。

他是受之无愧的。

由此想到，一个人要做成一点事，一定要纯粹，要终极，不能搞机会主义。

这对于现实中的我也是有意义的。

从短文开始写作

　　《三千万》是我的第一篇小说，在《人民文学》发表后，曾获当年全国优秀短篇小说一等奖。小说发表后，一些人认为能在顶级刊物发表处女作，一定通过了某种关系。关于此事我从未用文字说过。现在说，也是由于与这篇小说不相干的原因。

　　1980年，正是大批知青上大学的年代，还在工厂当工人的我并不想上大学，于是将写小说当成改变命运的一个途径。《三千万》写好后直接寄给《人民文学》，当时并不认识编辑部的任何编辑。大约一个月后收到回信，因为是下班时收到的，未来得及拆。当晚厂里要放电影，回家匆匆吃过晚饭，拿着凳子到空场上占座。二十多年前外省文化生活极少，看电影算是享受，但也就是找片空地，前面拉一块大白布，人们各拿板凳找地方坐下，单等天黑开演。

信是等待电影开场前拆开的。之所以未及时拆信，还有一个原因，因为初学写作，稿子的命运如何，在我有很大悬念。黄昏下将信撕开，是一个叫王青风的编辑写的（他至今还在《人民文学》工作），他从大量来稿中发现了这篇稿子，认为有新意，但存在若干不足，希望做些修改。这封信使那时尚年轻的我很有些激动，我至今很感念王青风。

接下来自然是在单位请假去北京改稿，二十多年前的《人民文学》编辑部上上下下对我这样一个"文学新人"给予了非常热诚的接待和鼓励，那时的人情冷暖与世风与今天大不相同。

《三千万》之后，我又陆续写了些中短篇小说。以现在的眼光看，都算不得什么，艺术的不成熟是显然的，想表达的东西也过于直白。我已想好，将来若有机会出文集，《新星》之前的作品都不会选入。说来也有意思，那一时期的幼稚写作倒常常得奖，后来写得好些了，反而没有得过什么奖，倒是不时

290

引起争议。

《新星》是我的第一部长篇小说，动笔时是 1982 年秋天，写完交给《当代》，已经是 1984 年春节过后了。据我所知，一般作者大都经历这样的过程，先短篇，再中篇，再长篇。当然也有例外，一出手就是长篇，如《飘》《红楼梦》《西游记》等。但我想，他们恐怕也会有短篇习作的阶段。

这些年，常有不相识的朋友寄来稿件，动辄十几万、几十万字，希望我提意见并帮助推荐出版社。我在《文学是一条寂寞的小路》中曾劝这些朋友先有温饱，再言写作，得到了很多人认同。但也有些人不解，觉得柯云路言不由衷，"你自己将文学当成事业，为何反劝别人不走这条路？"

我当然是热爱文学的，不单把它当饭碗，还在其中寄托了人生的责任与理想。但我能坚持下来还有一个原因，是这条路对我来说相对顺畅。我从短篇写起，再写中篇、长篇，也有一个成长成熟的过程，对于文学本身的认识和写作技巧也是一步步掌握的。现在看自己早期的作品，即使是许多读者比较认同的《新星》《夜与昼》，我也能看出许多不足。

假如我一上来就写长篇，以那时的"功力"，我还驾驭不了大的社会性题材，即使下很大功夫，用好几年时间，也不大可能成功。接下来的命运肯定是不断被退稿，即使我坚持，所谓"败不馁",可能至今也难发表什么作品。

这也算一点体会吧。

常有人被退稿后抱怨编辑们不负责任。《新星》的责编章仲锷先生是我的好友,是相当敬业的,在职时曾编发过大量优秀作品,用"编辑家"形容他一点不为过。我曾看过他编发的一些稿件,上面圈圈点点,通顺句子,删繁就简,改错别字,处处可看到他对稿件的润色,而这些劳动通常是"幕后"的,是不计报酬也没有名分的。他也曾发牢骚,说到一些作者对编辑的误解。有人在稿件寄出前特意将最后几页做某种粘连,或在某一页夹带发丝之类,以测试编辑们是否认真逐页看过稿子。若稿件退回时,看到粘连处并未打开,或发丝还夹在原处,会很受伤害,觉得不被尊重。但编辑们也有苦衷,用章仲锷的话说:"一盘菜端上来,色香味是否俱佳,并不需要把它全部吃完就可得出结论。一篇稿子,我可能只翻阅一部分就知作品能否造就,而不需要全部看完才能下判断。"

写出这些,是希望热爱文学的朋友们少走弯路。即使你热爱写作,欲将之定为终身追求的事业,也不要一上来就尝试鸿篇巨制。最好从短文开始,一点点掌握写作的技能和规律。成功了知道为什么能成功,失败了也知道为什么会失败。即使有小小的挫折也能面对。

　　你努力了，心存着对未来的美好向往。你从短文处先得到小小的成功，这些小成功既是积聚写大作品的能量和经验，也是信心和激励，再一步一个脚印，"积小胜为大胜"，直到有一天，写出心目中的伟大作品。

今天，文学仍是灵魂的展现

一

　　网络风靡以来，听说过一种写作软件，其作用被使用过的人吹得神乎其神。安装上这个软件之后，只要打开电脑，输入相应的程序，同时输入自己要写作的主题和某些关键词，电脑立刻会出现大量参考文本。写作由此成为一种技术而变得相对容易，不再需要灵感和创造性。据说当下一些写手就在利用这种方式写作。

我对新鲜事物往往会很好奇，对这个软件亦然。但由于它对我的写作没有意义，我至今对它的了解也只限于此，只觉得人类科技的发展实在到了登峰造极的地步。

最近的"抄袭门事件"使我对所谓电脑时代写作有了新的思考。

安意如的两本畅销书《人生若只如初见》和《思无邪》被指抄袭，在网上闹得沸沸扬扬。安意如终于做出的回应并未否认自己书中的文字部分来自"很多前人"，但同时她也强调，自己所做的仅仅是"借鉴"，是"疏忽大意"的结果。

那么在当代，在互联网大行其道的今天，写作究竟是什么？

特别是当各种粗制滥造乃至抄袭剽窃盛行的今天，文学写作还有没有严肃探索的必要？

当然有。

严肃文学还有严肃探索的必要。

二

现在的中国是现实主义、现代主义和后现代主义重叠的时期。

这种重叠既是社会形态的重叠，也是哲学、美学及整个文化思潮的重叠，自然也是文学形态的重叠。这一时期的中国文坛，以上三种形态的文学都有着纯粹的表现。

十足的现实主义与十足的现代主义、后现代主义都呈现出琳琅满目的作品，然而哪个主义的绝对表现都没有获得真正的成功。现实主义得发旧的作品无疑正被人们厌弃；先锋得只剩抽象形式的作品也在一轮一轮枯萎。于是，我们看到了现实主义向先锋的悄然靠拢，也看到了先锋文学向传统叙事不做声明的适度回归。

造成这一切变化的既有市场文化的压力，也有来自文坛的纯粹的评判。这种评判是否完全洗净了商业污染还不得而知，我们大抵能够确信的是，这种评判多少反映了文学在当代的基本要求。无论时代的社会文化形态如何繁华，文学作为人类特殊的精神产品必然满足着（同时也制造着）特殊的社会精神需要。

文学在今天仍是人类灵魂需求不可或缺的一部分。

在当代的文学探索中，我们看到了现实主义、现代主义、后现代主义三种艺术形态的相互联姻。不同的作家受到世界各种文学形态的诱惑，感受着社会评判的压力，做出各种自觉或不自觉的风格调整。对于中国文学界而言，这是一个混沌的时期。各种文学思潮相互冲突又相互混淆，合成出中国文学的新状态。这个合成不是靠逻辑的力量，而是靠梦幻的力量。整个社会也如同人的大脑一样，既会理性地思维，也会梦幻地思维。

理性的思维解决着政治经济科学的问题，梦幻的思维解决着文学艺术的问题。

三

在当代，各种风格的小说都可能以其极致的表现获得某一方面的青睐。

然而，真正深究今天的文学阅读，最理想的小说或许仍应该具备五个要素：

第一，它应该有好的故事。自从现代主义在世界范围内成为覆盖现实主义的文学新潮之后，故事已经远不是文学的必须追求。有情节无情节都可以做小说，无情节甚至成为时尚。然而文学探索的结果表明，好的故事不仅是文学新潮不该排斥的，而且还常常是新潮作品要选择的。一个好的故事能够奠定作者获得读者的自信，从而可以在文体上进行更加陌生而自由的实验，多少有点长袖善舞、多财善贾之意。

第二，包含较大容量的社会内容。通常现实主义所说的社会批判，现代主义、后现代主义文学所表现出的各种精神现象都在此列。强烈而充足的社会内容依然是当代文学阅读所具有的特殊渴望。

第三，深刻的心理内容。揭示人类深层的心理活动，剥露隐藏在内心深处的种种情结，描绘各种人格形成的历史，是文学至今可以做的独家报道。一部成功的文学作品可以在心灵的深处触发地震。

第四，无论现代主义、后现代主义如何将冷漠、麻木、荒诞、反讽、漫不经心、无可奈何等语调赋予了文学叙述，对人类命运的终极关怀依然是最伟大的文学精神。一部好的当代文学作品应该具有的要素之一，就是这种必不可少的精神。

一切社会图画都可以进入文学，经济、政治、战争、性、贫困、财富、罪恶、苦难、失败、成功、生离死别都可以成为文学的素材；然而，倘若做个色情与金钱的成功梦自我陶醉，或者做一幅垃圾堆的写真来绝对真实地表明自己的穷极无聊，未必能够成为伟大的文学作品。

文学的基本精神就是对人一视同仁地理解与同情。

文学精神是和真善美这样的范畴相一致的。

文学精神有时可以用"悲悯"二字概括。

文学描写欲望，但它不是无耻地宣泄作者的欲望，而是描绘整个社会的欲望，特别是描写欲望后面潜藏的痛苦。在一切繁花似锦或颠沛流离或醉生梦死的生活中，都透视到灵魂的痛苦，表现出俯瞰人生的悲悯。

这是文学特有的精神。

一些貌似很真实的现实主义作品和一些貌似很精巧的先锋作品之所以缺乏真正的文学力量，是因为它没有这种精神。

第五，先锋的文体。是指叙述的方式，是指语言，包括语调、语感，诸如此类。更彻底地说，叙述的方式从来不只是方式的问题，譬如叙述的语调从来不只是语调的问题，它还包含着叙述者对整个世界的态度。

先锋的形式和先锋的内容常常是难以分割的；然而我们总可以做一个大致的分割。写作无非是两个问题：一是写什么，二是如何写。文体就是如何写的问题。文体的创新是一部成功的当代文学作品的要素之一。

同样一个故事，当你用与以往不同的方式讲述出来时，不仅使故事内容显得更新颖，不仅使小说获得一种形式美，而且为纯粹的文学技巧做出了新的贡献。

四

上述五个要素不是分列的，而是融合的。

好的故事，丰厚的社会内容，深刻的心理揭示，这三个要素都融合在活生生的人物中。

所谓文学精神，则是作者自身本该具有的人格。

文学本不是人格低下的行业，伟大的文学精神是作者人格中真善的自然流露；然而，文学又不是只给圣人做的事情，文学创作本身是灵魂净化的过程。一个作家在生活中不免有各种自私、虚伪、矫情、怯懦，然而在文学中却要尽可能抛弃这一切，变得无私、真实、坦率、勇敢。

每个人可能都有猥琐小人的一面，又有正直贤人的一面；文学创作就是放下屠刀、立地成佛。一部精神猥琐的小说即使描绘了再好的故事再活的人物，都让人产生潜在的拒绝。至于虚伪、矫情，只不过是华丽的猥琐，更令人厌恶。

小说在表现众多人物，其实又在不经意中表现着唯一的人物，那就是作者。作者似乎可以躲在小说背后不露痕迹，然而他的全部作品最终不过是塑造了自己。一个好的作家要把自己真实的灵魂坦荡地交给世界。光天化日下无他躲藏之处，涂脂抹粉的小技术不能改变大形象。要把一身肮脏的皮褪掉，本真地站到阳光下。

这在电脑时代仍是文学写作的真理。

至于叙述的文体，这里虽然涉及很多技术层面，包括结构、时空关系、叙述角度、语调语感、比喻修辞等，然而它融合在作者的叙述状态中。这个状态自然也包括对读者的态度和对故事的态度。而这又不是理性的状态，它是文学特有的似梦非梦的状态。

一个好的文体同一个好的故事一样，不是理性刻意为之的，而是在有意无意之间做成的。作者的精神，作者面对的故事，作者面对的读者，这一切构成了作者梦幻思维的环境；而叙述的文体与通过这个文体讲出的故事则是在多少有些不假思索的状态中自然而然完成的。

这个世界有一个现象是不能证明的，却是人人相信的：那就是人类的梦。

文学就是一种梦思维，文学中的那些心灵体验是同梦一样不能被证明的，却是人人相信的；因为所有的人都做过梦，所有的人都有相通的心理体验。

一部好的文学作品在内容和形式上都该浑然天成，就好像我们夜晚的每一个梦都那样浑然天成一样。

而梦是不撒谎的。

它曲折甚至可能隐晦，但最终却是心灵的真实暴露。

还是回到电脑时代写作的问题，我们可以说，文学依然是灵魂的展现，写作也仍然必须是创造性的劳动，而且这种创造性的劳动需要不断的更深的探究。

"唐·吉诃德斗风车"的精神力量

　　节前收到许多来信，大多是问候和祝福。有一封信很让我感动。

　　我和这位朋友之前是通过信的，讨论的是文学和文学之外的一些事。但这次来信，他却谈到我的博客。信中说：

> 　　这些天看了您博客上的一些文章，对您更多了几分敬重。

> 　　您古道热肠，为困境中的人们出谋划策，一写就

是几百字、上千言，显得那么真诚，字里行间充满了无限关爱。

生存的艰难使许多人不得不超负荷运转，身心疲惫与心理疾病成为普遍现象，您忧心如焚，献上《心灵太极》，渴望能给世人提供帮助。

您不仅是一个高产的作家，还是一个有责任感、有使命感的好人。如今这样的好人是越来越少了，怎不令人感慨万分！

但在敬重您的同时，我又觉得十分遗憾：在当前的大环境下，您的这些努力只怕不会带来什么改观，就如当年周游列国宣扬自己学说的孔子一样，是"明知其不可为而为之"，多多少少总有几分悲壮的。

自从开通博客以来，身边一直有朋友好心地提醒，觉得我办博客有"赶潮流"之嫌，特别是像我这样一个"已经有点名气的作家"，抽出这么多时间写博客，给读者回信，很不值得。他们说："真有精力，不如写点好书，那才是一个作家的真功夫。"

其实，未开通博客之前，我就常和读者通信。不同的是，有了博客之后，我会有选择地将通信的某些内容放在上面，以便于更多朋友交流。

由于爱好较杂，写作的领域常常"边缘化"，我在某些人眼中成了一个不怎么"务正业"的作家，但也因此招来许多读者的咨询。他们会提出一些非文学问题，希望得到帮助。其中涉及人生、求职、婚恋、子女教育等。只要时间允许，我尽可能回答，有的寥寥几句，有的也写得较长。

有些读者是刚刚看了我的新书，来信谈感想。也有的读者告诉我，他们 20 世纪 80 年代就开始读我的书，那时有的还在读中学，而现在已娶妻生子。我的书伴随着他们青春与成长的岁月。有些人还会在信中随手摘出我书中的某些"格言"，告诉我这些话曾在他们的人生中起到了怎样的作用。

许多人从未见过面，但我把他们当作朋友。当我顺境时，他们会与我一起收获喜悦；当我挫折时，他们常常会比我还焦虑难过。

作为一个作家，我从不讳言与读者交流的愿望。我热爱写作，写作是我的职业。从这个意义上说，我是为自己而写。但同时，我又希望自己的文字有更多的读者，希望我的书有更多的人喜欢。

过去的几年，曾有许多脏水泼到我身上，最具杀伤力的大概是"柯云路写书害人"了。以致某位著名学者在中国作协向他发出入会邀请时提出，他加入作协的条件是"将柯云路开除作协"。这件事在当年成为各报转载的新闻，结局当然是不了了之。

其实，我并不在乎所谓"专业作家"的名号，在加入作协的二十多年里，我甚至从未出席过中国作协的会议。这样做并不是所谓"清高"，而是不喜欢受繁文缛节的束缚，想把时间更多地集中在创作上。

我在长篇小说《龙年档案》中写过一个备受争议的市长罗成，在矿难中为挽救几百个矿工的生命冒死下井。在准备牺牲的时刻，与一直爱慕他的女孩有过一段对话：

叶眉说："你为什么一定要下来？我觉得你没有必要什么都亲临第一线。"罗成说："我本来并没有一定下来的意思，可是自告奋勇没人举手，那我只能带头举手了。再说，我确实怕死里逃生人多慌乱，我的权威可以稳定局面。"叶眉说："你是不是过分看重个人作用？你想过没有，天州如果没了你怎么办？关键是解决体制问题。"罗成说："我还不懂这个？体制也是一种资源，它要在政治、法律、文化的合作过程中开发，需要不同社会力量的介入。我罗成只是做了我应该做和能够做的事情。"

在许多人眼里，柯云路本该沿着《新星》的成功路子安安稳稳地走下去，却偏要搞一些边缘性的"探索"，做一些"知其不可为而为之"的"傻事"。

这些年我研究传统文化，也早过了"知天命"的年龄，"道法自然"是我崇尚的人生境界。但我以为，很多时候"道法自然"的法则是通过许多人"知其不可为而为之"的努力实现的。总有一些人要往前走，而走在前面就可能付出代价，很可能被牺牲掉。作家首先是感性的，他才能对事物有敏锐的感觉，才会有创作的激情。但同时，如果没有理性的观照，也不可能对人生有正确的选择。少年时曾看《唐·吉诃德》，印象很深。在许多人眼里，唐·吉诃德独斗风车的行为甚为可笑，但在我的眼中他却是英雄。

"愚公移山"是老少皆知的寓言，只因高山挡路，祖祖辈辈奋力将一座大山挖走。按时下聪明的做法，绕山修一条路不就行了，何苦费那么大力气？作为小学生的我在读这篇课文时脑子里确乎闪过这个念头，但长大了，成熟了，才知愚公的精神力量。

一件事，你感觉到它的意义，你做了，也许一时看不到任何效果，但你坚持，你一直在努力，终有一天会有效果。

我给一个需要帮助的人写了一封信，也许并没有解决他的任何实际问题，但能让他了解到这个世界上还有温暖和同情，

306

有真诚的关切，这至少会使他在困境中对人生多一点信心，对社会多一点信任。能做到这个，我十分满足。

　　写信的朋友说，在博客上看到我和朋友的通信，在感动的同时，又觉得这种努力不会带来什么改观，因此而有些遗憾。其实用不着遗憾。佛祖有言："救人一命胜造七级浮屠"，没有什么比对他人的帮助更能体现一个人的生命价值了。

　　最后，我想用这位朋友的话结束这篇小文：

　　新年到了，但愿新年的钟声，会给我们送来新的改观。

我的创作与山西生活

　　我是 1968 年到山西的。开始的四年,在山西南部的绛县当农民。之后到晋中的一个工厂当工人,从盖房子搞基建开始,一住就是十几年。

　　成为作家的二十多年来,我出版了近二十部长篇小说,几乎每部作品都可以看到山西生活的影响。第一部长篇小说《新星》就不用提了,开篇写到年轻的县委书记在晨曦中登临千年古木塔。这座引发李向南下决心一搏的建筑写的就是建于辽代的山西"应县木塔"。之后的同名电视剧,其拍摄场景则大部分取自现今已成为世界文化遗产的山西平遥古城。

前几年出版的《龙年档案》，更大量展现晋东南一带的风土人情。

我特别想提的是近几年出版的几本以"文革"为背景的长篇小说。

它们都离不开山西的生活，包括离不开山西的风光。

《蒙昧》写了一个发生在南国的悲情故事，在小说结尾，有这样一段风景描写：

一脉黑色的树林围着一块相当面积的草坡，草坡以极缓和的拱形坡度温柔地向上展开着。当人们踏着半膝多高的绿草往前走时，缓坡在天空中画出的弧形地平线不断向后移动，好像踏在一个巨大的地球仪上往前走，永远没有边际，这种迷人的感觉使得人们越走越兴奋。那弧形的地平线看着很近，却总是走不到，经过相当长时间的冲刺，终于看到了草坡的边界。下面是陡峭的悬崖，对面则是无数座耸立的悬崖，白云在这些悬崖间浮荡。

往下看去，是令人头晕目眩的各种深度。

回过头来再看青草梁，它缓缓地铺展下去，在一个看不见边界的模糊处浮现出一脉乌云般的密林，那正是他们来时穿越的。青草梁上开着五颜六色的野花。让人们惊喜欢呼的是，草坡上还团团围卧着一群牛，它们在安详地嚼草。

——这片风景取材于山西宁武县的黄草梁。

近年来，虽然长住北京，但只要有可能，每年总要回山西一两次。1998年，我曾在时任山西体改委主任吕日周的陪同下到宁武县采风，正待开发的旅游地黄草梁以其难以置信的奇美震惊了我，不承想在飞沙走石的燕北苍凉之地竟有如此的险峻丰茂处。之后的一年，我在写作《蒙昧》时，将对这方景色的感受献给了故事中蒙冤致死的女主人公白兰。

这片温暖如春的草坡成为她最后的安息地。

我在另一部长篇小说《牺牲》中还写过一个广为流传的民间故事：

很久以前，有个善良的村姑每日从山下担水上山，婆婆虐待她，怕她中途歇懒，专做了一副尖底的水桶，一路上不能放担休息。一天，她遇到一个老人牵着一头驴子过山来，人和驴都渴得不行了，向她讨水喝，姑娘担着一担水已经快到山顶，却毫不迟疑，不放担子就让老人和毛驴饮。

一桶水喝干了，担子一头重一头轻，另一桶水也洒了，白胡子老头看到她的尖底水桶，问清了缘由，便把手中的鞭子给了姑娘："你再想要水，拿鞭子在缸中刷一刷，水就来了。水满了以后，你再倒着刷一刷，水就止了。"从此姑娘不再下山了，水缸也总是满的。

婆婆奇怪了，躲在暗处看见姑娘常使水缸满的秘密，趁姑娘不在时拿起鞭子在缸中刷起来。水满了，又源源不断溢出来，她不知道要倒着刷一刷水才能止，大水滔滔淹了小院，淹了整个村庄。

姑娘蹚着大水跑回来，发现鞭子也被冲跑了，情急之中一屁股坐在水缸上。水缸被堵住了，只剩下一股小小的清水从她身下流出来，就成了山上的清泉。姑娘日复一日坐在水缸上不能动，日子久了就变为一尊石像。多少年后，成了方圆几百里供奉的娘娘。

——这个美丽的传说取自于山西名胜晋祠泉。在大自然的祭坛上供奉着这样一个娘娘，特别说明了这方百姓的道德与价值取向。

至于在全景式描写"文革"历史的长篇小说《芙蓉国》中，有关主人公卢小龙在农村当插队知青的描写，更是展现了山西诸多的风土人情。

这些年我游历过中国的许多大山名川。

黄山、泰山、峨眉山、武当山、九华山都曾以其特殊的雄姿征服过我。

然而，万山看遍，最使我感到亲切并且深入其血脉的，无疑是被称为黄土高原的太行山脉和吕梁山脉。每年我回山西，车一进娘子关，那连绵不绝的黄土高坡，那世代农民在高坡上辛勤开垦的层层梯田，那梯田上热热闹闹生长着的五谷杂粮，总让我产生一份来自生命的感动。

我在北京长大，北京是我的成长地，也是我的精神资源地。然而，如果以写作而言，山西更是我生命中不可分割的血脉相连之地。二十多年来，它源源不断地提供着精神的营养，丰富着我的创作。

我热爱山西，并将以终生的劳动回报这块土地。

如此戏说

《红楼梦》《水浒传》《三国演义》和《西游记》是中国妇孺皆知的四大经典。由于文化背景和语言文字的差异，这些作品在世界范围内并未得到应有的传播和尊重。翻译是一个大问题，我上中学时学俄语，记得俄语将"胸有成竹"直译成"胸中有小棍"，很让人哭笑不得。《水浒传》经诺贝尔文学奖获得者赛珍珠翻译成英文，以《四海之内皆兄弟》的书名登上美国当年的畅销图书榜，但译本中还是留有不少遗憾。单说那一百零八将的名字就很令西方人头痛，比如将花和尚鲁智深译为

"Priest Hwa"（花牧师），将母夜叉孙二娘译为"Night Ogre"（夜间的怪物），不仅与原意相去甚远，其中文蕴含的神韵亦荡然无存。

近年来随着中国的崛起，学习中文的人越来越多，中华文化日益得到西方人重视，四大名著也以各种形式漂洋过海。但这些故事由于其携带了巨大的文化、历史和传统印记，对于另一种文化背景的西方人来讲，难免显得晦涩难懂。加上流行文化的冲击，对这些名著的传播也是五花八门，先是调侃，再到戏说，直到恶搞。

从调侃到戏说，国内一直在搞，也有成功的例证。戏说历史的有戏说康熙、戏说乾隆，戏说四大名著的有《水煮三国》和《大话西游》。我以为只要分寸适度，调侃或戏说，或许是一种有趣的做法。但任何对原著的改编都有底线，即尊重原著的基本故事脉络和人物风貌。现在大行其道的恶搞，是戏说的一种升级，但已完全变了味，让观音嫁给唐僧，把林黛玉写成妓女，将刘关张描画为女性，不仅完全扭曲了原著，并且会给对原著毫无了解的读者造成灾难性的误读。

四大名著的流传，几百年来有极好的普及形式。除了书籍，还有戏剧、音乐、舞蹈、绘画、电影，等等。幼年的我，就常常蹲在小人书摊看一分钱一本的连环画。无往不胜的孙悟空，喜欢耍小聪明的猪八戒，一心向西天取经的唐僧，不仅仅是故事中的一个个人物，而且成了鲜活的玩伴。再大一点，开始看《水浒传》《西游记》《红楼梦》，到后来成为作家，看过的书籍不计其数，但这四本书和书中的人物已是不可替代的文学记忆。

对于当下流行的调侃和戏说，我往往对其说不上好，也说不上不好，只觉得是现今流行文化的必然产物。这把双刃剑，一方面使人们从对传统的膜拜中解放出来，对传统思维有所解构，变换不同的角度对传统经典加以审视。另外，不利的方面也很明显。经典是人类历经千百年沉淀的精神遗产，恶搞经典我是不赞同的。它固然对于已经有了足够鉴赏力的人是没有杀伤力的，然而，一切阅读和记忆都有先入为主的特点，对于初看经典的少年人来说，铺天盖地的、毫无节制的恶搞会对经典的文化价值和艺术价值造成无法补救的损伤和破坏。

此外，没有底线的恶搞会降低一个时代、一个民族的阅读和文化水准。

更遑论对于四大名著一无所知或知之甚少的异邦，恶搞亦有伤于世界对中华民族的文化认同，有伤中华经典文化的传播。

但似乎对这种现象也用不着太过恐惧，它就像一阵风，刮了也会逝去，就像曾有人给美丽的《蒙娜丽莎》画上了两撇不伦不类的胡须。名著是搞不垮的，人们现在瞻仰的仍然是摆放在艺术圣殿中的那幅名画，高贵的蒙娜丽莎至今带着神秘的微笑俯视人间。

我所认识的秦兆阳

20世纪80年代，我的多部长篇小说是先由《当代》发表，再由人民文学出版社出版的。影响较大的有《新星》《夜与昼》《衰与荣》等。

那段时间，秦兆阳先生已经从人民文学出版社的行政职务上退下来，任《当代》主编。

听编辑部朋友们讲，他这个主编绝非挂名，凡刊物发表的重要作品须经秦老亲自把关，他不仅会对稿件提出具体中肯的修改意见，有时还会披挂上阵亲自改稿。

我曾听《新星》的责编章仲锷讲过一则逸事。

发表在《当代》的纪实作品《一个冬天的童话》，作者遇罗锦是遇罗克的妹妹，遇罗克在"文革"中曾因为反抗血统论而遭受迫害，不仅累及全家并且本人最终被枪杀。遇罗克一家的惨痛经历特别折射出"文革"的荒诞和残忍。但三十年前的中国文坛还面临着许多禁忌，发表这样一部作品，编辑部可能会有被批判甚至被封杀的风险。斟酌再三，秦老最终还是拍板发表，这在当时是需要一些胆略的。作品发表后确实引起了相当大的反响，而编辑们津津乐道的是，由于作者初次写作，某些文字尚显稚嫩，某些地方分寸把握也欠妥，秦老不仅扛着政治上的风险，亦亲自上阵"捉刀代笔"。章仲锷曾对我一一提示秦老的"笔迹"，确显出其在当时情况下把握作品的周到和文学功力。

我和秦老接触比较多的一次是长篇小说《衰与荣》发表之前。

由于此前《当代》已在1984年和1986年分别发表过《新星》和《夜与昼》，于是，当我完成《衰与荣》的写作时，时任《当代》副主编的朱盛昌和编辑部主任的何启治亲自到我居住的山西榆次看稿。看稿过程很顺利，两位均表示满意，又说这样的"重量级"稿件回京后还要向秦老汇报。据我了解，当时的秦兆阳先生年事已高，且身体不好，一般稿子就由朱、何两位会同编辑部的编辑们定夺了，但重大题材或可能引发争议的作品则要呈秦老亲自审阅把关，《衰与荣》就在此列。我自忖有前两部作品顺利发表为基础，且朱、何两位编辑部负责人十分支持《衰与荣》，秦老那里应当不会有大的问题。然而，就在我回北京等待"意见"的几天，编辑部传来了"不幸"的消息，说秦兆阳先生已看过部分章节，对作品有很大保留，甚至提出"不发"或"缓发"。

我当然有些"没想到"。朱盛昌解释说，由于视力差，秦老已没有精力看稿子的全部了，只能先听编辑部汇报，然后借助放大镜看可能发生争议或出现问题的部分。《衰与荣》全篇近六十万字，描绘了京都近百个人物、几十个家庭，特别突出了社会不同阶层之间的不平衡心理及挣扎，和不同年龄段人之间的观念嬗变与冲突，在当时的社会环境下看，有些内容是"尖锐"的。

记得我当时对朱盛昌颇有些"意见"，觉得编辑部这样的做法并不妥当，一部六十万字的作品，只挑出其中的十来万字最有可能引起争议的"尖锐"内容拿给秦老审读，很容易"通不过"。

两天后，秦老请我去他家里面谈，一同去的还有朱盛昌和何启治。

秦老家住离故宫不远的东黄城根一个朴素的四合小院，是解放后他用自己的稿费买下的。小院有两进，秦老住在里院正房，屋里四处堆满了书，空余之地除了书柜和几把椅子几乎没有别的摆设。墙上挂着几幅秦老自书的字画，透着书卷气。

那是1987年10月，外面还很暖，但屋里阴凉，已生起煤炉，穿着一件中式小棉袄的秦老正拿着放大镜坐在沙发上看稿。见我进来，秦老笑吟吟地站起握手让我坐在他身边，并不谈稿子，而是拉家常问起我在榆次的生活，平日怎样写作。听我说除了写作基本不参与社会上的各种活动和应酬时，秦老脸上现出真诚的羡慕，说：你们是赶上了好时候，能够在生命最好的阶段写作，而我，现在虽然有很多想法，但身体已经不行了。

秦兆阳先生的遭遇我早听过一些，也算文艺界比较著名的"右派"了。他生于1916年，1957年因发表论文《现实主义——广阔的道路》受到批判，继而被下放到广西柳州工厂劳动，直到1979年平反后才回到北京。1957年被打成右派的秦老刚刚四十一岁，正是1987年我完成《衰与荣》的年龄。想到这些，不由得对老人更多了些理解和尊重。秦老显然并不愿回忆历史，很快把话题转到了现实。他说自己现在身体不行了，不仅不可能去外地旅游，就连在北京文艺界的活动也极少参加。他指着堆在四处的稿子说："有限的精力就只能看看稿子了，是工作，也是一份责任。"

秦老坦率告诉我，《衰与荣》他已断断续续看了一部分，编辑部希望能在1987年的最后一期发表，他还有些犹豫，想和我交换一下意见。他觉得特别需要斟酌的是书中关于上层生活和上层人物的描写，担心会惹来麻烦。秦老说："对我个人，麻烦是无所谓的，我年纪大了，无官无欲，怕的是给刊物和编辑部惹来麻烦。我们有一个好的阵地很不容易，要好好地保护，不要因为一些本可以避免的原因而被停刊。"他举了一些被点名和受到处分的刊物和报纸。然后说，我不欣赏匹夫之勇，要的是大智大勇。他又说，你还年轻，创作的时间还很长，不要计较一时的得失，要的是能够长期坚持创作并且作品能够发表，这才是最重要的。哪怕暂时受一点委屈包括做一点妥协，哪怕有些作品暂时发表不了，都要从长计议。话说到这里，他开始一一历数他的朋友们在二十多年前怎样由于一部作品、一篇文章而获罪，以至于被戴帽、被流放、被批斗，他说，虽然现在平反了，但幸存下来的已经不多，而仍能保持创作能力的更是少之又少。

秦老那天的一个中心观点是，"既要保护作家，还要保护刊物"。

秦老把"保护"二字看得很重，但他又强调，保护不是目的，重要是能够"战斗"。他以骄傲的口气——历数《当代》这些年发表的引起强烈反响的好作品，认为这才是脚踏实地地推动历史。

这次谈话之后我还去过秦老家一两次，当面向他解释关于《衰与荣》的创作和想法，包括他所疑虑的那些内容。秦老每次都很安静地听，偶尔也会提一两个问题，声音不高，表情绵善。

后来听朱盛昌说，为了更加稳妥，秦老曾将编辑部的全体人员召集到一起，要求他们都读一读《衰与荣》，并且各自谈谈自己的意见。当年那些年轻的编辑如洪清波、周昌义等都全力支持了《衰与荣》。秦老终于郑重地做出决定，在当年的最后一期和次年的第一期《当代》全文发表《衰与荣》。

我是又一次在秦老家中听秦老亲自告诉我这个决定的，心里自然很高兴。记得秦老对我说，他少年时雄心勃勃，不到二十岁就开始了文学创作，几十年来办过报纸也办过刊物，算是有些阅历了。但一个大型文学期刊在不到五年的时间，发表同一个作家的系列作品近二百万字，为"五四"以来所仅见。这句话落在了我的记忆深处。秦老又说，我要感谢你对《当代》

的支持，当然，这也是《当代》对你的支持。既然决定发表了，我是主编，出了问题我负责任。

　　那次谈话已过去二十多年，秦老也早已离开了我们，我常常会忆起与他的这段交往。作为一个知识分子，他不事喧嚣的正直；作为一个编辑家，他长者的宽厚和对后辈无私的扶植，已经得到了社会公论。他走了，他的书后人还在读；他参与推出的作品，丰富了中国新时期的文学画廊。而由他主持的《当代》杂志更秉持着对现实主义的执着在数年中坚守着知识分子的人文理想。

　　作为一个作家，我曾和《当代》的多位编辑有过合作，我感谢他们。这是我的幸运。

　　怀念秦兆阳先生！

编辑家章仲锷

章仲锷先生是我的朋友,多年来我一直习惯叫他老章。

1983 年,我还住在山西的小城榆次,接到一封信,是老章写来的。他开门见山自我介绍,说刚刚调到《当代》,想了解我的创作情况,当然,也要为刊物约约稿。那时的资讯远不及现在发达,人与人的联系基本靠书信。

在约定的日子里,我到车站接他。远远走来一个瘦高的中年人,身着那时很流行的黄色风衣,头发浓黑,面色苍白,握手很用力。自我介绍后,眼镜后面的那双眼睛里闪着略带调皮的笑意。这个略带调皮的笑意后来就定格在我对老章的记忆中。

当时的榆次还没有公共汽车，更谈不上出租车，人们日常出行主要凭借自行车。见面后，我问他能否坐"二等车"，他略有迟疑，我忙拍拍自行车解释，所谓"二等车"就是自行车后座。老章乐着点头说没问题，于是，我们在这辆自行车上开始了最初的交往。

老章那年四十八岁，正是意气风发的年代，胸中有不少"宏大"计划。后来的"晋军崛起"就是老章等人的手笔，编发了不少产生过全国性影响的好稿子。当年也住在榆次的作家郑义的两部代表作《远村》和《老井》都是老章编发的。

和老章见面自然要谈创作，而我有个习惯，在作品未完成之前是不会透露给出版方的。这样做一来避免给自己增加压力；二来也为作品选择与谁合作留有余地。老章似乎并不急着寻根问底，只是闲聊，说说北京文坛的新鲜事，也说说他编发过的好稿子。聊着聊着，话题就回到了创作。老章说看过我发在《人民文学》的短篇小说，也看过我发在《当代》的中篇小说，他很喜欢，认为有自己的风格，希望我的创作能沿这样的路子往下走。其实，现在回过头来看那些中短篇小说，不管从什么角度都只能说"幼稚"，以至于这两年我屡次拒绝了一些出版社将它们收入选编本的要求。但当年老章的一番话还是给了我鼓舞，我于是告诉他，手头正在写一部长篇小说，想通过对一个县从农村到乡镇再到县城的全景描写，折射整个中国社会的变迁。

我没有讲自己怎样写，只讲了小说中可能涉及的生活和人物，也讲了其中的一些小故事。老章很专注地听，基本不插话，有时会思索地点头，看得出他很兴奋。这种兴奋是对一部潜在好作品的敏感，在我与其他优秀的编辑家们合作时常常可以看到。我们很快达成协议，这部作品完成后一定交给《当代》，由他编发。

那一时期，常有刊物和出版社向我约稿，但自从与老章的第一次见面后，将手头没有完成的长篇小说日后交给老章并与《当代》合作的想法在那些年从未动摇过。这不仅是因为我看重《当代》的影响，更因为对老章及后来《当代》其他"老章们"的信任。

我是在 1984 年年初回到北京，春节前把文稿交给老章的，当时心里多少有些当回事，毕竟是我的第一部长篇小说。那时我还没有见过电脑，写作都是一笔一画写在稿纸上。四十万字的稿子足有几公斤重，坐火车来京时须臾不敢离身。怕万一有个闪失，重写一遍是想都不敢想的事。

春节之后没过多久，老章告诉我，稿子已看了，"相当不错，估计会有反响"，这是他的原话，语气平平没有一点波澜。我想让他多谈，老章说"还得交主编看"，让我耐心等结果。

结果很快出来了，《新星》决定发在当年的《当代》增刊上。还有问题，就是书名。《新星》在写作的一年多时间里，我一直定名为《古陵》，我写的故事就发生在古陵县，新来的县委书记在古老而穷困的县里展开了一系列事业与爱情的作为。老章说"古陵"二字容易引起歧义，读者会以为是一部"考古"的书，古代的陵墓嘛，这样的书名不利于"销售"。于是开始想新的书名，有不少方案，老章还开玩笑，说这本书应当叫"县委书记的从政指南"，"很多人会从中学到一整套政治智慧"。后来出书时使用了《新星》，还是老章想出来的。

《新星》确定出版之后，我很快回到山西榆次，接着写《夜与昼》，主人公仍是李向南，只不过将故事的发生地挪到了京城，写大都市在社会变革中的阵痛，上至国家最高层，下至社会最底层，全书写了三教九流近百个人物。如果说《新星》是用一个县来缩写整个中国，《夜与昼》则是用一个京都来缩写了。没有二话，这部作品当然给了老章和《当代》。现在看《夜与昼》的内容也还有一点点"尖锐"，而在当年，《当代》编发这部作品时整个编辑部确实都捏了一把汗。由此也能看出，一部作品的发表，作者与出版者是共担风险的，很多时候，出版者承担的风险甚至更大，这也是中国特殊的国情，唯有当事者才知道编辑们承受的压力。幸而1986年年初《夜与昼》发表时正赶上《新星》电视连续剧热播，那期《当代》紧急加印，邮局买《当代》的人排起了长队，老章和《当代》的朋友们似乎比我更高兴。

那些年，老章频繁"出使"山西，见作家约稿子，"战绩卓著"。我后来才知道，老章在见我之前已是京城的"四大名编"之一，很多作家都以能和老章合作为荣。我们熟悉了，也会说些闲话，老章说自己早年也是文学青年，颇写过一些作品，粉碎"四人帮"后，在北京、上海等知名的文学刊物上发过不少小说，有些还放在头条。问他为什么不写了，老章笑着摇头，说当编辑的年头多了，经常和名家合作，手里过的好稿子太多，难免"眼高手低"，对自己的文字就不大看得上眼了。

因为自己也写小说，老章对于写作又多了一层理解。他特别善于从创作的角度理解作品，并提出恰当可行的建议。这或许也是老章作为编辑家的独特魅力。

当年我住在榆次，常年埋头写作，与文化界交往不多，老章来了，会讲些新鲜见闻，如文艺界发生的大事，作家们的趣闻，编辑部为一部稿子引发的争论。说起同行，总是说这个编辑如何有眼光，那个编辑对作者如何关照，话里透着宽厚和大度。老章颇为得意的一件事是发表王朔的《空中小姐》，那是他从一大堆邮寄的来稿中发现的。王朔后来又在《当代》发表过很多作品，在中国文坛形成了独特影响。想他和我一样，会对老章心存感激。

老章也会发一些小牢骚，最常说的是有些作者对编辑不理解，以为编辑们只愿意发名家的作品。老章说，作为编辑，他当然愿意和名家合作，因为名家之所以成为名家，是因为他们确实有创作实力。但名家也会失手，他就碰到过不止一次这种令人尴尬的事情。约来的名家稿子并不理想，既然当编辑就得有担当，该退稿就得退稿，不想得罪人也得得罪人，"得为读者负责"。

老章说，有些作者在投稿时特意做了记号，比如在中间的某页放一根头发，或故意把最后两页粘在一起。若收到退稿时发现这些记号原封未动就很不高兴，指责编辑"势利眼"，不负责任，不是名家的稿子都懒得读完就退了。老章不免愤愤，说作为一个好编辑，就应当对稿件有出奇的敏锐度，一部好作品（哪怕有毛病，需要修改）只需读很少的部分甚至开头几页，就会有感觉，哪里还需要读完最后一页才下结论？就好像一个美食家，面对一大桌菜，他一眼就应当判断出哪个菜最好吃，色香味俱佳。而一盘菜端上来，如果第一口就不好吃，不是味，他也大可不必非得把这盘菜全部吃完才能点评。

我是在 2008 年 10 月 3 日晚听到章仲锷先生去世的消息的，心中的震惊无法言说。听他的女儿说，老章在去世前几天还能下床散步，谁也没有料到他竟这样悄悄地走了，甚至没有惊动任何朋友。

或许老章自己也没有做好准备，据说年初老章还打算写回忆录，特别找出了许多他亲手编发的作品，包括那本刊登了《新星》的《当代》，给家人一一讲述当年令他得意的往事。老章应当把那些故事写出来，让人们从一个编辑家的角度了解新时期文学的发展历程。我是在 1980 年开始写作的，作为一个作家，我能和章仲锷先生以及章仲锷先生们合作，是我的幸运。新时期文学因为这些编辑家的努力，因为他们的敬业和智慧，才使得一批批作品应时代的变化源源不断。文学的繁荣和多彩也因为这些编辑家的劳动才成为可能。

10 月 9 日，我参加了章仲锷先生的遗体告别，那是我最后一次看到他。安卧在鲜花丛中的老章和过去一样，脸上带着淡淡的笑意。来向他告别的人很多，不仅有众多同行同事，还有不少像我这样感念他的作家。一个编辑家以这种方式落幕，应当并不遗憾。

　　章仲锷先生虽然没有亲手写下回忆录，但在这几十年中他编发过的大量优秀作品无一不铭刻着他的生命印记，这也是对他最好的告慰。

　　深切怀念章仲锷先生！

习惯"盗版"

常见繁华地面的路边有推车和地摊卖五元一本的书，其中大多是曾经畅销或正在畅销的。以我对出版业的了解，这样低廉的价格连纸张和印刷费都难挣回来，很显然其中有相当部分是盗版了。

盗版的受害者首当其冲是出版社和作者，当然，国家也少了税收，但打击盗版，却是一件令人头痛的事。

20世纪80—90年代，我曾有几本书很是畅销，但畅销的同时也意味着被盗版。那段时间我常参加一些文学活动，交流之后往往要给读者签名。印象很深的一次是在武汉，在读者递过来的书中，十之八九竟为盗版。十几年前的盗版技术还比较低级，为了省钱，大多用纸低劣，错字很多，封面色彩浑浊，有时连开本大小都与正版不同，明眼人一下就能看得出来。我曾收到过一位读者来信，他将买到的一本我写的书寄给出版社，并委托他们转交作者。显然这位读者很用了心思，几乎每一页都密密麻麻圈点着大大小小的错误，这样的书如何能读？于是他十分愤怒地写了一封信，责备出版社和作者不负责任。我理解他的心情，除回信说明这是盗版之外，特意将一本正版书寄赠给他。

说起来我也是愿意维权的。记得有一次出版社接到举报，决定采取行动，特意聘请了律师并邀上我一行人兴冲冲找到被举报的印刷点，谁知人家早已得到风声，根本查不到证据。后来又一本书在另一家出版社出版，在得知书被盗版后，出版方干脆懒得动弹，说他们早有教训，一次带上公安将盗版者查了个正着，但事后的罚没款出版社一分也拿不到，全得上缴国库。不光人马劳顿，还得赔上办案人员一笔不菲的差旅费，所谓"赔了夫人又折兵"。当然也有打击成功的，比如敢于盗版《邓小平文集》《江泽民文选》的，一旦抓住会科以重刑，但一般图书则不会下如此大的功夫。

有了这样的几次经历，我也变得"大度"了。1997年《东方的故事》出版不久，曾接到一个来自南方的电话，对方是一位搞宣传的官员，说在本地发现了盗版，希望我联系出版社带上公安前来查办。我自然向对方表达谢意，但其后并未要求出版社有什么行动。还颇为"阿Q"地暗想，无非是少得点稿费，至少署名还是"柯云路"嘛。

这几年开通了博客，也常应约写点小稿。不久前收到一封邮件，在三个惊叹号下的主题为"出版求助"，以为又是哪个不认识的编辑想出书，特引述部分内容如下：

尊敬的柯云路老师：您好！

我们是《智慧博客》的编写者，选编了署名"柯云路"的文章《做好事要留证据》，请确认是否是您的原创？若为您的原创，我们首先向您致以深切的歉意！由于作者信息资源的不足和联系条件的局限，我们刚刚才查寻到您的邮箱，便与您联系。

您是深受当代学生喜爱的著名作家之一，但我们没有其他与您联系的方式，从选编了以上文章以来，我们一直为未能联系到您而不安，也为终于查寻到可能是您的联系方式而激动！这里，我们真诚希望得到您的理解和支持，也真诚希望能告知您本人的通信地址，以便我们奉寄稿酬。

读这封信的感受首先是意外，记忆中似乎从未收到过这类道歉信。一篇文章被某本书选编了，对方能想起给作者寄稿费，已经是相当不错的态度，哪谈得上什么道歉？这些年除了被盗版，我的文章被刊物书籍转载或选编，也会发生得不到稿费的情况，我习惯于采取放任的态度。对方给稿费，我自然高兴，不给，也不会理论，因为维权成本太高。

稿费很快寄来了，不多，一百元，同时到达的还有一份稿酬支付公告。公告对稿酬标准的说明为：根据出版合同的稿酬标准，出版社支付的选文稿酬，除了按每千字 10 元的标准付给选编者作为酬劳外，其余稿酬全部支付给原文作者。而这"每千字 10 元"本来应用于选编者的，实际上却绝大部分用于联络原文作者、查证身份、汇寄费等。截至 2010 年 3 月 23 日，这"每千字 10 元"已只剩下每千字 1.4 元了。1.4 元，对于选编者来说委实是太少的一点俸禄，少得不足以在街头买一个煎饼。

道歉自然是文明的表现。然而，记下这段经历的原因还有一点，我注意到自己读这封道歉信时有某种"受宠若惊"的心态，这在一个健全的法制社会显然并不正常。没有通知就选编了稿子，事后才联系作者，这样的道歉应当坦然接受才是。

说了这么多，我还是想向《智慧博客》的选编者们致敬，谢谢他们对作者权益的尊重及严谨的工作态度。

过分解读的人名

写小说，要有故事；有了故事，自然要有人物。

中国的四大名著皆很讲究为人物起名，说法最多的当然是《红楼梦》。比如贾雨村，意为"假语村言"，甄士隐，意为"真事隐去"。又如贾府的四位小姐元春、迎春、探春、惜春，寄托了作者对这些女孩命运的"原应叹息"。仅是《红楼梦》的人名研究，就有多不胜数的文章和著作，人们试图从中发掘出更深刻的寓意，虽然有些我并不认同，但至少从中可见作者当初为人物起名时的用心良苦。

再说《西游记》，几位主要人物的名字也相当讲究。孙猴子为"悟空"，猪八戒为"悟能"，沙和尚为"悟净"。三个名字分别代表了佛教修炼的某种境界，给人印象很深。

《三国演义》的人物基本取自历史真实，那些名字何其响亮贴切，让人过目难忘。比如曹操、刘备、孙权、孙策、诸葛亮、张飞、关羽、赵云等英雄豪杰，再加之惊心动魄的描写，这些历史人物千百年来妇孺皆知，深入人心。

说起来起名是大事，一个人起什么名字，不仅仅是几个汉字的简单组合，而是携带了这个人出生及成长的全部血统基因、文化传承，包括家族期待。在我成长的时期，孩子中不少起名援朝、抗美、跃进等，到了"文革"时期，名为"卫东"、"卫红"、"红兵"、"文革"的有一大批。从名字中可以很容易看到时代的印记。

近日看到一篇文章，其中有一段写到了我的第一部长篇小说《新星》。1986年《新星》电视剧热播，文章的作者陈志鹏其时正在云南任职，在一次聚会中与《新星》的责编章仲锷有过交流，谈到这部作品，认为作者取名"深有喻意"。他特别提到书中的三个人物：如"李向南"者理想实现难；干扰变革的极"左"顽固脑袋"高良杰"者高粱秸无用也；记者"顾小莉"自视甚高，其实是"顾小利而忘大义"的谐语。

读了这段分析，我不禁哑然失笑。

记得当年就有读者写信，问"李向南"是否有"理想难"之意，我觉得是一种杜撰，并未放在心上。我为自己的人物起名，从不偷懒。往往决定要写什么故事了，首先得确定人物。有了人物，要一一起名。我写的有些长篇小说，有名有姓的百十人之多，起名是个大工程。人名起对了，人物才能鲜活起来。人物鲜活了，才会在故事中离开作者人为的"把握"自己去行动。

所以，说起来起名不算写作中的大事，但我从来当大事处理，舍得花力气。名字起好了，符合我对人物的感觉了，就意味着创作成功有了开始。

再说《新星》主人公李向南，给他起名不光要带有时代特征，还要有家庭特点。比如他的父亲曾参加解放战争带兵打仗，而"向南"两字则带出主人公出生时国家和家庭的态势。我高中时就读的北京101中学，同班同学中就有一个叫"李向南"的。顺便提一句趣闻，1986年春天恰逢101中学校庆，母校很郑重地邀请了我，但我正在山西榆次进行《夜与昼》的写作，舍不得抽时间回北京。事后听校友说，以为那天我会来，校门口预先挤满了正被《新星》激动的少年校友们。久等不见，情急之下竟然把我的同学李向南拥到台上，并且蜂拥而上索要签名。李向南哭笑不得之余，也便索性给大家签开了。

至于前面提到的高良杰、顾小莉，我从未把他们简单当作"反面人物"。高良杰算是一位相当有头脑的农村干部，只是他思想僵化，跟不上时代，起名时不曾想到他的名字谐音"高粱秸"。而顾小莉后来又多次出现在我的其他作品中，这个女孩聪明、勇敢、时尚、敢爱敢恨，虽然不乏特权意识与嫉妒、偏激，但我从未简单地把她概括为"顾小利而忘大义"的人，甚至根本不这样看待这个人物。

再如《新星》中的一位"反面人物"（姑妄这样简单说之）"潘苟世"，章仲锷当年曾问"苟世"是否"狗屎"之意，我当即否认，是因为为他起名时并没有这样的谐音和联想。公社书记潘苟世出身农村，狭隘、霸道，起名必须符合这个人物的特点。在我生活过的山西农村，许多农民起名时会反着来，越是将孩子看得金贵，反而将名字起得轻贱，谓之"好养"。"苟世"顾名思义，是"苟活于世"的意思。

由《新星》中人名被"过分解读"，我想到了对文学作品的各种解读都可能有"过分"之处。当代的作品或者还有作者本人出来说明，非当代的作品，作家已经不在，种种过分解读可能远离作家原意，却加在了作家头上。因此，我们可以有足够理由对各种解读不以为然。

　　然而，话说回来，各种各样的解读，哪怕再离谱，不正是对文学作品阅读与欣赏的特有趣味吗？倘若作家把一切都说明了，又有何意思？

　　如此，我写这篇文章，倒可能算一种不聪明的做法了。

后记：我用这种声音改变未来

每个人心中都有对未来的想象。

未来的世界会更精彩也更疯狂，更时尚也更奢靡，更简便也更烦琐。未来的世界会有更多机遇也更多风险，会更可知也更莫测。对于未来，社会与个人都会有太多的奢望与忧患，太多的预期与准备。

"未来"与"现在"似乎本无关系，但通过人类的预期与准备影响着现在，而"现在"又通过这种预期与准备一步步通向"未来"。

　　我从传统文化与现代文化的契合中寻找精神支点，警醒自己并试图通过文字影响他人，对于未来的人生与社会，要更从容、更安详、更顺其自然。要宽和的憧憬、坦然的迎接而少不切实际的贪图与患得患失的焦虑。快快乐乐做好每一日工作，安安静静过好每一天生活，便是对未来的最好准备。

　　我用这种声音改变未来。

图书在版编目（CIP）数据

最新记忆／柯云路著．— 北京：作家出版社，2015.7
（名家美文集）
ISBN 978-7-5063-8179-6

Ⅰ．①最… Ⅱ．①柯… Ⅲ．①散文集－中国－当代 Ⅳ．①I267

中国版本图书馆 CIP 数据核字（2015）第 171812 号

最新记忆

作　　者：柯云路
策 划 人：罗　英
责任编辑：张　平
装帧设计：视觉共振设计工作室
出版发行：作家出版社
社　　址：北京农展馆南里 10 号　　　　邮　　编：100125
电话传真：86-10-65930756（出版发行部）
　　　　　86-10-65004079（总编室）
　　　　　86-10-65015116（邮购部）
E-mail：zuojia@zuojia. net. cn
http：//www. haozuojia. com（作家在线）
印　　刷：北京市玖仁伟业印刷有限公司
成品尺寸：130×185
字　　数：176 千
印　　张：11
版　　次：2016 年 1 月第 1 版
印　　次：2016 年 1 月第 1 次印刷
ISBN 978-7-5063-8179-6
定　　价：49.00 元

作家版图书，版权所有，侵权必究。
作家版图书，印装错误可随时退换。